Lizzie Doron
Das Schweigen meiner Mutter

AF197588

Ein Photo. Ein Garten, Tel Aviv, 50er Jahre. Im Vordergrund ein kleines Mädchen (die Autorin), in die Kamera sehend, ein zweifelnder, oder auch verzweifelter Blick, vielleicht blendet aber auch nur die Sonne. Im Hintergrund ein Gebüsch, und dort, eingerahmt von einem kleinen weißen Kreis, ein weiteres Gesicht. Fast unkenntlich, winzig und fern. Ist das der Vater, den das Mädchen nicht kannte? Nach dem es wieder und wieder vergeblich fragte und dann – längst erwachsen – zu forschen begann?

›Das Schweigen meiner Mutter‹ erzählt von der detektivischen Spurensuche einer Frau nach ihrem Vater. Eine Suche nach verlorener Kindheit, nach Sinn und Begründung eines, wie sich zeigen wird, irrwitzigen Geheimnisses.

Lizzie Doron ertastet mit »großem Feingefühl und Gespür für stille, bittere Komik« (Carsten Hueck, NZZ) die oft bizarre Existenz von Menschen, die sich nach dem Krieg neu erfinden mussten. Sie gibt dem Unsagbaren, Monströsen, Unerklärlichen Stimme und Form und verwebt, eindringlich und unverwechselbar, persönliche mit fiktionaler Geschichte zu einem dichten erzählerischen Gewebe: Historisches mischt sich mit Privatem, Faktisches mit jenem »Sohätteesseinkönnen«, das manchmal wirklicher als das Leben selbst erscheint.

Lizzie Doron, geboren 1953 in Tel Aviv, studierte Linguistik, bevor sie Schriftstellerin wurde. Ihr erster Roman ›Ruhige Zeiten‹ wurde mit dem von Yad Vashem vergebenen Buchman-Preis ausgezeichnet. 2007 erhielt sie den Jeanette-Schocken-Preis, 2018 gemeinsam mit Mirjam Pressler den Friedenspreis der Geschwister Korn und Gerstenmann-Stiftung.

Lizzie Doron

Das Schweigen meiner Mutter

Roman

Aus dem Hebräischen
von Mirjam Pressler

dtv

Von Lizzie Doron ist bei dtv außerdem lieferbar:
Who the Fuck Is Kafka
Warum bist du nicht vor dem Krieg gekommen?
Ruhige Zeiten
Es war einmal eine Familie
Der Anfang von etwas Schönem
Sweet Occupation
Was wäre wenn
Nur nicht zu den Löwen

6. Auflage 2024
2013 dtv Verlagsgesellschaft mbH & Co. KG, München
© 2010 by Lizzie Doron
Titel der hebräischen Originalausgabe:
›Ve jom echad od nipagesch‹ (Keter Books 2010)
© 2011 der deutschsprachigen Ausgabe:
dtv Verlagsgesellschaft mbH & Co. KG, München
Umschlagkonzept: Balk & Brumshagen
Umschlaggestaltung: Ruth Botzenhardt
unter Verwendung eines Fotos von
gettyimages/Hulton Archive
Satz: Fotosatz Amann, Memmingen
Druck und Bindung: Druckerei C.H.Beck, Nördlingen
Printed in Germany · ISBN 978-3-423-14254-0

Für Dani – alles, was ich mir wünschen konnte

»Gestreckt, nach oben, deutet
Der Finger zur Decke
Erwachsene, kommt
Nehmt die erhobene Hand
Zieht sie aus der Kindheit.«

aus: Orit Gidali, »Mädchen«

1

ICH KAM SPÄT AM ABEND nach Hause.

»Hi, Alisa, ich bin's«, empfing mich die Nachricht auf dem Anrufbeantworter. »Also … ruf mich zurück.«

Dorits Stimme hatte den Tonfall, der schlechten Nachrichten vorbehalten war.

»Ich habe morgen eine Beerdigung«, teilte ich meinem Mann mit.

»Wieso, wer ist gestorben?«, fragte er.

»Keine Ahnung«, antwortete ich.

»Du und deine Freundinnen«, sagte er und lächelte.

Am nächsten Morgen, in den Todesanzeigen der Zeitung, fand ich die Antwort. Fejge Friman, Dorits Tante, die legendäre Kindergärtnerin, war von uns gegangen.

Mittags fand ich mich auf dem Friedhof am Rand unseres alten Viertels ein. In der kleinen Schar von Trauergästen entdeckte ich Dorit. Sie warf mir zur Begrüßung einen Blick zu. Ich antwortete ihr mit einem leichten Kopfnicken.

Dann suchte mein Blick Freunde aus der Kindheit. Aber nur ich war da, stellte ich fest. Das wunderte mich nicht. Seit eh und je war ich es, die treue Anhängerin von Beerdigungen, die sich einfand, zum Begräbnis, zu einem Besuch während der Schiwa und auch zu den Gedenktagen der Toten. Eingeladen und zur Stelle.

Welch eine Ehre, dachte ich belustigt. Vielleicht, weil ich die Veteranin aller Waisenkinder des Viertels war, und vielleicht, weil auch ich, wie meine Mutter, viele Jahre zu jeder Beerdigung mit einem Mohnkuchen zu erscheinen pflegte. »Das *kichl* von Helena.« Ich erinnerte mich an den Kuchen und lächelte.

»Wenn wir diese Woche eine Beerdigung haben, dann kommst du mit mir zur Schiwa«, hatte meine Mutter früher an jedem Wochenende zu dem Kuchen gesagt, den sie aus dem »Wundertopf« holte, »aber wenn wir zu einem Geburtstag eingeladen werden, bestreiche ich dich mit Schokoladencreme und wir gehen zusammen zur Feier.«

Jede Woche wartete im Kühlschrank der Mohnkuchen meiner Mutter auf seine Bestimmung.

Ich nehme an, dass sogar der Kuchen wusste, was für ein ungenießbares Produkt er war, und dass auch er sich freute, wenn es in der folgenden Woche im Viertel weder eine Beerdigung noch eine Geburtstagsfeier gab und man ihn am Ende in den Mülleimer werfen würde.

Ich kehrte in die Wirklichkeit zurück. Am Rand der offenen Grube, die auf Fejge wartete, die kinderlose Kindergärtnerin, stand Dorit, ihre Nichte, die wie eine Tochter für sie gewesen war. Ohne eine Träne.

Dorit Rosenfeld war – damals wie heute – auf eine leise Weise schön, sie hatte üppiges, kastanienbraunes Haar und Honigaugen. Das Mädchen mit den besten Karten im Viertel:

Dorit hatte nicht nur einen Vater und eine Mutter gehabt, sondern auch einen sehr gut aussehenden Bruder, außerdem eine Tante und einen Onkel. Nur Dorit hatte eine richtige und vollständige Familie.

Ich betrachtete sie. Das Kastanienbraun war zwar blasser geworden, doch noch immer waren ihre Haare zu einem dicken, beeindruckenden Zopf geflochten, und auch das Lächeln, bei dem man dahinschmolz, und die Honigaugen waren ihr geblieben.

Vor zehn Jahren war ihre Mutter gestorben, und wir hatten uns genau hier wiedergetroffen, bei der Beerdigung. Unser Kontakt lebte wieder auf, und seither trafen wir uns an jedem Todestag ihres Vaters, an jedem Todestag ihrer Mutter und an jedem Todestag ihres Onkels, Fejges Mann. Dreimal im Jahr trafen wir uns hier auf dem Friedhof, und von hier aus gingen wir ins Kino, in die Nachmittagsvorstellung, nur wir beide. Danach machte sich Dorit immer gleich eilig auf den Weg nach Hause, sie wohnte im Emek Jesreel.

»Familienfeste« nannte ich unsere morbiden Treffen. Ab heute, dachte ich, haben wir ein Familienfest mehr, ab heute werden wir uns viermal im Jahr treffen.

Die Beerdigungszeremonie näherte sich ihrem Ende. »Fejge kehrt zurück zu Wladek, ihrem Mann, und zu Itta, ihrer Schwester, und zu Schmulik, ihrem Schwager – die ganze Familie ist wieder vereint«, sagte der Rabbiner und verhaspelte sich fast, so schnell sprach er, er musste zu einer weiteren Beerdigung. Noch bevor die Erde Fejge bedeckte, waren fast alle Trauergäste verschwunden.

~

»Wie gut ist es und wie angenehm«, hörte ich Fejges Akkordeon wieder spielen, und diese Erinnerung brachte mir überraschend einen heißen Sommermorgen zurück. Fejge hatte die Kindergartenkinder zum Rhythmikunterricht versammelt, die Kinder bekamen Tamburine, sie spielte begeistert Akkordeon und hatte ausgerechnet Chajale Fink für die Rolle des kleinen Fischs ausgewählt, der zu der Musik im Wasser tanzte. »So kühlen wir den heißen Wüstenwind«, sagte Fejge mit einem eingeschrumpften Lächeln.

Ich hasste die Rhythmikstunden, ich hasste das Akkordeon, die Tamburine und auch Chajale, die Angeberin.

»Pst«, flüsterte ich Dorit zu, die neben mir saß. Ich wusste, dass sie gekränkt war, weil Fejge nicht sie für die Rolle des kleinen Fischs ausgesucht hatte. »Komm, lass uns weglaufen!«

Dorit war begeistert.

∾

»Dein Blick verrät mir ohne Worte, was du willst«, sagte sie einmal zu mir, als wir schon groß waren.

Sie hatte sich schon immer eingebildet, mich durchschauen zu können, all meine Gedanken zu kennen, all meine Wünsche. Ein altvertrauter kleiner Zorn schoss in mir hoch.

∾

»Komm, lass uns meinen Vater suchen«, hatte ich ihr damals vorgeschlagen.

Dorit war rot geworden.

»Komm!« Ich zog sie hinaus, während die anderen Kinder

aufstanden, um zu tanzen, und wir liefen auf die Straße, erschrocken vor unserem eigenen Mut.

Wir rannten über die Straße, auf der nur *Alte-sachen*-Mietek mit seinem halb blinden Esel entlangkam, ließen den Lumpensammler und sein Gerümpel hinter uns und landeten bei Elektro-Koslowski, der seinen Laden mit einem quietschenden Ventilator zu kühlen versuchte, allein an der Kasse stand und sehnsüchtig auf Kunden wartete, die nicht kamen.

»Wo ist mein Vater?«, fragte ich ihn.

Herr Koslowski schwieg verlegen und nahm aus einem Regal eine alte Taschenlampe. Er schenkte sie mir und warf Dorit einen ärgerlichen Blick zu.

Draußen stießen wir auf *Alte-sachen*-Mietek, der meine Taschenlampe gierig betrachtete.

»Wo ist mein Vater?«, fragte ich auch ihn.

»Irgendwo«, erwiderte er mit einem zahnlosen Lächeln und streckte die Hand nach der Taschenlampe aus.

»So, dann bekommst du sie nicht«, fertigte ich ihn ab.

»*Klafte**«, schimpfte er. Ich hatte das Gefühl, er wollte noch etwas sagen, aber Dorit beschloss, vor ihm davonzulaufen.

Ich zog sie in die Richtung unserer Wohnung. Ich hatte mir überlegt, dass mein Vater vielleicht zu uns nach Hause kam, wenn ich nicht da war. Diesen Gedanken behielt ich für mich, ich verriet ihn auch Dorit nicht. Ich sagte nur zu ihr, mein Vater sei eine Art Vater, der sich versteckt. Ich erzählte ihr nicht, dass ich ihn hinter unserem Haus verschwinden und eilig auf der Allee davonlaufen gesehen hatte, wahrscheinlich auf dem Weg zu seinem Versteck, und einmal hatte ich ihn sogar in Fejges Küche gesehen. Ich hatte Angst, Dorit würde sagen,

---

* Jidd.: schnippische, zänkische Frau.

das sei Unsinn, das könne gar nicht sein. Stattdessen erzählte ich ihr, ich würde mit meinem Vater Verstecken spielen, er wäre derjenige, der sich versteckt, und ich diejenige, die sucht, und eines Tages würde ich ihn finden. Zu meiner Freude hörte Dorit nur zu und sagte nichts.

Mein Vater wird eines Tages noch auftauchen, sagte ich mir, trotz des Schweigens meiner Mutter, trotz Dorits Schweigen, trotz des Schweigens aller anderen, obgleich ich keinen Beweis für seine Existenz hatte, obgleich ich nicht wusste, wie er aussah, und auch nicht wusste, wie ich ihn erkennen sollte. Ich wusste nur, eines Tages werden wir uns treffen.

Doch von Elektro-Koslowski gingen wir erst einmal zur Synagoge. »Wo ist mein Vater?«, fragte ich den Synagogendiener, der sich die Hitze mit einem Taschentuch fortwedelte. Er versuchte mich loszuwerden und fing an, irgendetwas von dem wunderbaren Schnee zu stammeln, den es in Białystok gegeben hatte.

Enttäuscht verließ ich die Synagoge. Ich wollte nun nach Hause, aber Dorit beharrte darauf, noch zur Praxis von Dr. Wollmann zu gehen.

»Dann schon lieber in den Kindergarten«, sagte ich verärgert.

»Vielleicht ist dein Vater bei Dr. Wollmann, vielleicht fühlt er sich nicht gut.« Dorit zog mich Richtung Krankenkassenambulanz.

»Aber meine Mutter arbeitet dort«, schrie ich sie an.

»Wenn jemand nicht nach Hause kommt, dann ist er entweder krank oder etwas anderes Schlimmes ist ihm passiert, das weiß doch jeder. Wir müssen zu Dr. Wollmann gehen«, überredete sie mich.

Vielleicht ist mein Vater wirklich dort, schoss es mir durch den Kopf, vielleicht besucht er ja meine Mutter bei der Arbeit.

Aber im Hof der Krankenkassenambulanz trafen wir auf Fejge, die Kindergärtnerin.

»Sie ist schuld«, sagte Dorit sofort. Ich warf ihr einen wütenden Blick zu.

»Arme Helena, dieses Kind ist wirklich eine Plage«, hörte ich Fejge murmeln.

Ich zwickte Dorit in den Arm.

Dorit fühlte sich gezwungen, mich zu verteidigen: »Ihr war nicht gut.«

Aber Fejge hörte gar nicht hin. Sie hatte genug von mir, genug von Dorit, genug von der Hitze und spritzte sich Wasser aus dem Schlauch der Berieselungsanlage ins Gesicht.

Das Wasser tropfte auf ihre weiße Bluse und ließ ihren großen Büstenhalter sichtbar werden, der ihre schweren Brüste beherbergte.

»Hat sie ihren Vater gesucht?«, fragte Fejge Dorit leise, und Dorit bejahte ihre Frage mit einem stummen Nicken.

Ich wollte Dorit wieder zwicken, aber Fejge packte mich schon am Arm, zerrte mich zurück in den Kindergarten und sperrte mich in der Toilette ein.

»Aber warum nur ich? Was habe ich denn getan?«, schrie ich verzweifelt. Ich hörte, wie Fejge den anderen Kindern erklärte, es sei verboten, aus dem Kindergarten wegzulaufen, und meine Bestrafung solle ihnen ein warnendes Beispiel sein.

»Mir stinkt's!«, brüllte ich aus meiner nach Urin riechenden Einzelzelle. »Hoffentlich stirbst du in Hitlers Grab!« Ich trat gegen die Tür.

Gegen Mittag kam Itta in den Kindergarten, Dorits Mutter, die Schwester von Fejge.

»Du bist *zedrejt*«, schrie sie Fejge an und versuchte, mir die Tür aufzumachen, »verrückt bist du!« Sie rüttelte an der Klinke und am Schlüssel, aber die Tür erbebte nur.

»Hier ist nicht Majdanek!«, hörte ich sie Fejge anbrüllen. »Was ist das, du hast sie eingeschlossen? Nun, dir traue ich alles zu!«

»Soso«, antwortete Fejge, »ich bin schlecht, und du, was bist du? Du bist eine Gerechte, was?« Und auf Jiddisch spuckte sie aus: »*Ich ken nischt fargessn ...*«

Ich saß auf dem Toilettendeckel und heulte. Mir war klar, dass sie mich schon vergessen hatten, ich war sicher, ich müsste bis in alle Ewigkeit hier bleiben.

Plötzlich wurde es ganz still im Kindergarten. Sogar Fejge und Itta hörten auf, einander anzuschreien. Ich begriff, dass meine Mutter gekommen war.

Was würde jetzt passieren? Ich wusste nicht, ob ich mich freuen oder noch mehr fürchten sollte.

Ich legte das Ohr an die Toilettentür. Meine Mutter verlangte von Wladek, Fejges Mann, er solle die beiden Väter von Chajale holen, die Radiotechniker unseres Viertels.

»Sie werden die Tür aufbrechen und bei dieser Gelegenheit können sie deiner Frau und ihrer Schwester ein Gehirn einsetzen«, sagte meine Mutter zu ihm, und zu Fejge und Itta sagte sie: »Jetzt könnt ihr weiterstreiten!«

Jona und Jissachar, Chajales Väter, vollbrachten ein Wunder mit dem Schraubenschlüssel und befreiten mich aus der Toilette.

In dem Moment, als die Tür endlich aufgebrochen war, sprang ich mit einem Satz hinaus. Ich sah Chajale, die ihre Väter umarmte, und Dorit, die sich zwischen Fejge und ihrer Mutter versteckte.

Fejge, blass geworden, trat auf mich zu, bat mich um Verzeihung und versuchte, mich in den Arm zu nehmen. Ich erstickte fast an ihrem Schweißgeruch, durchsetzt mit dem süßlichen Parfüm »Courage«, das in der Wärme zwischen den Hügeln ihrer Brüste sauer geworden war.

Ich stieß sie weg und schwor, ihr bis in alle Ewigkeit nicht zu verzeihen.

Meine Mutter wollte gehen. »Ein so dünnes Mädchen hätte man lieber in der Küche einsperren sollen statt im Klo«, sagte sie abschließend zu Fejge.

Nur Fejge und ich lachten nicht.

Ich ließ meine Wut an Dorit aus. »Ab jetzt bin ich nur noch Chajales Freundin!«

»Was habe ich denn getan?«, stammelte sie.

»Du hast mich zur Krankenkassenambulanz geschleppt und mein Vater hat zu Hause auf mich gewartet«, zischte ich.

Meine Mutter beendete die Diskussion. »Ihr Vater ist weggefahren, weit weg.«

Auf dem Heimweg schlugen die Absätze meiner Mutter heftig auf die Gehsteigplatten.

»Warum bist du weggelaufen?«, fragte sie mit eisigem Blick.

»Ich hasse Rhythmik«, antwortete ich.

Meine Mutter lief mit großen Schritten, sie lief und schwieg. Ich rannte hinter ihr her. Mein Vater ist wieder in Amerika, tröstete ich mich.

Als wir zu Hause ankamen, ging meine Mutter in die Küche und hackte Gemüse für die Suppe, zerschnitt das Huhn, zerquetschte die Kartoffeln zu Püree. Dabei waren ihre Lippen die ganze Zeit fest zusammengepresst. Sie würdigte mich keines Blicks, noch nicht einmal, als ich eine Blumenvase auf den Boden warf, und auch nicht, als ich mit Pastellkreiden die Wand bekritzelte.

Gegen Abend kam Itta, um sich zu erkundigen, wie es mir gehe. Sie betrat mein Zimmer mit einer Tafel Schokolade, einem gekünstelten Lächeln und einem mitleidigen Blick, dann ging sie in die Küche, um mit meiner Mutter zu schwatzen.

»Ach was, *nebbech*«, hörte ich sie zu meiner Mutter sagen, »Doritke hat mir gesagt, dass sie wieder ihren Vater gesucht hat.« Sie seufzte, die alte Klatschbase.

»Schsch«, beschützte mich meine Mutter auf ihre übliche Art und Weise. Und nochmals ein »Schsch«. Ich kochte vor Zorn auf meine Mutter, auf Itta und auf Dorit, die Petze. Ich lief zu Chajale Fink, um mich zu trösten und zu rächen.

Chajale schwebte in einem rosa Primaballerina-Kostüm, das ihren mageren Körper eng umschloss, durch andere Welten. Die Schnüre ihrer Ballettschuhe wanden sich um ihre dünnen Unterschenkel, und ihre langen Haare waren zu einem Zopf geflochten und wie eine Krone um ihren Kopf gelegt. Sie saß auf dem Bett in ihrem Zimmer, das vollgestopft war mit Puppen, Haarspangen, Ballettkleidern, mit Kostümierungen aller Art und einem Klavier – Rhythmik für Fortgeschrittene.

Als ich ihren Trost und meine Rache ausgekostet hatte, schlich ich mich hinaus, setzte mich auf den Rasen und beobachtete Jona und Jissachar, ihre Väter. Sie wühlten im Inneren kaputter Radiogeräte herum, schraubten und schweißten Teile zusammen, bis sie den schon dem Tode nahen Geräten ihre Stimme wiedergegeben hatten.

Nach einiger Zeit bemerkte Chajale, dass ich ihr abhandengekommen war, und schrie mir aus ihrem Zimmerfenster zu,
ich sei nicht mehr eingeladen, sie zu besuchen.

Dann eben nicht, flüsterte ich und blieb sitzen, um Jona
und Jissachar weiter zuzuschauen.

Wozu brauchte sie zwei Väter? Ich war außer mir. Warum
hatte sie zwei und ich nicht mal einen? In der Nacht nach
jenem Tag träumte ich zum ersten Mal, dass meine Mutter
Chajales Reservevater heiratet. Im Traum hatte ich mich ge-
freut, aber am nächsten Morgen war ich mit zugeschnürter
Kehle aufgewacht.

~

Dorit wartete auf mich. »Auch die Beerdigungen sind nicht
mehr das, was sie einmal waren«, sagte sie als Reaktion auf die
wenigen Trauergäste.

»Bei unseren Beerdigungen wird es lustiger zugehen«, entgegnete ich lächelnd.

»Ein schöner Trost!« Sie lachte.

»Wie geht es dir?«, erkundigte ich mich.

»Glücklich wie immer«, antwortete sie mit dem ihr eigenen
Zynismus.

»Was ist mit Fejge passiert?«

»Gestorben, wie du siehst.«

»Woran?«

»Woran? Am Leben.« Dorit lächelte leicht. Dann kam es ihr
in den Sinn zu fragen: »Und wie geht es dir? Deinem Mann?
Den Kindern?«

»Sie leben«, antwortete ich knapp und umfassend, wie es
zwischen uns üblich war.

Schweigend gingen wir Richtung Friedhofstor. Unterwegs studierte ich die Grabsteine, an denen wir vorbeikamen, jeden einzelnen.

Ich traf Herrn Poschibuzki, den verrückten Glaser, er ruhe in Frieden; Koslowski, den Elektriker, und seine Frau, sie mögen im Paradies ruhen; die beiden Finks – die Zwillingsbrüder Jona und Jissachar; Dr. Wollmann und seine Frau; Herrn und Frau Silberman, die Eltern von Ofer, dem Problematischen.

Am Ende der Reihe, unter einem prachtvollen Marmorstein, lagen Dorits Eltern.

Dorit hielt inne. Ich blieb neben ihr stehen.

~

Schmulik und Itta. Die Namen von Dorits Eltern brachten mich zurück in jenen heißen Sommer zwischen der dritten und vierten Klasse, jenen Sommer, in dem auch ich im allerbesten Sommercamp angenommen worden war. Dieses Sommercamp war eigentlich nur für die Kinder von Egged-Angestellten, doch am zweiten Ferientag sagte mir Dorit, ihre Mutter habe alles organisiert, ihr Vater habe mich angemeldet und angegeben, er wäre auch mein Vater.

Am dritten Ferientag fand auch ich mich am Treffpunkt ein. Früh am Morgen kam der Autobus, der die Kinder jeden Tag ins Sommercamp brachte. Schmulik Rosenfeld, mein zeitweiliger Vater, war der Busfahrer. Dorit und ich setzten uns hinter ihn, dicht nebeneinander, aufgeregt und fast platzend vor Stolz.

Bald nach meiner Ankunft in der anderen Welt, im Sommercamp am blauen Meer, spielte auch ich, wie Dorit, mit all den anderen Kindern, die einen Vater bei Egged hatten. Ich flocht ein Körbchen aus Stroh, ich bemalte ein Hemd mit Batikfarben und bastelte mir aus bunten Nylonfäden einen Schlüsselanhänger. Zum Mittagessen bekam auch ich Himbeersaft und ein Brötchen mit zäher Erdbeermarmelade. Jetzt wusste ich, was Glück ist.

Nach vier Tagen Glück, kurz vor dem berühmten Sportfest, das am Strand stattfinden sollte, stand der Gruppenleiter morgens an der Bustür, las die Namen der Kinder vor und verteilte an alle eine Mütze und ein Hemd.

Nur meinen Namen las er nicht vor, nur ich bekam weder eine Mütze noch ein Hemd.

»Wie heißt du?«, fragte er erstaunt.

»Alisa Roża«, antwortete ich.

»Arbeitet dein Vater bei Egged?« Er suchte meinen Namen in seiner Liste.

Ich schaute zu Schmulik, der am Steuer saß. Er schwieg.

»Aha«, sagte der Gruppenleiter. Er hatte das Schweigen verstanden.

Im Sommer zwischen der dritten und der vierten Klasse hatte ich meinen Vater noch immer nicht gefunden, nicht zu Hause, nicht in der Synagoge, nicht in der Krankenkassenambulanz.

Ich starrte verzweifelt auf Schmulik Rosenfeld.

»Mein Vater ist so gut wie ihr Vater«, versuchte Dorit mich und die Situation zu retten.

»Geh in das Sommercamp deines Vaters«, verlangte der Gruppenleiter.

»Aber sie hat kein anderes Sommercamp«, rief Dorit wütend.

Ich stieg die Stufen hinunter, die Tür schloss sich, der Autobus fuhr los.

Als ich mich wieder etwas beruhigt hatte, machte ich mir ein eigenes Sommercamp.

Ich richtete mich in dem ausgetrockneten Bewässerungs-graben einer Pinie ein, nahe der Allee unseres Viertels. Ich riss Nadeln von den Zweigen, träumte vor mich hin und sah meinen Vater.

Er spähte aus dem Hof gegenüber zu mir herüber, er machte mir mit dem Finger ein Zeichen, zu ihm zu kommen, und brachte mich in sein Sommercamp. In das Sommercamp meines Vaters fuhr man nicht mit einem Egged-Autobus, malte ich mir in meiner Phantasie stolz aus, in das Sommer-camp meines Vaters flog man mit einem Flugzeug. Im Sommercamp meines Vaters gab es nicht nur das Meer. Dort gab es Berge, Wälder und Schnee. Ich stieg auf einen Berg-gipfel, ich pflückte Kirschen und Himbeeren, und der süße Geschmack füllte meinen Mund.

Ich fürchtete, jemand könnte mir und meinen Gedanken auf die Spur kommen, ich schaute mich um, sah aber nur die Wäscheleinen der Familie Poschibuzki, an der Kleider von Golda Poschibuzki und ihrer Tochter Bracha hingen sowie die blaue Arbeitskleidung von Chajim Poschibuzki, dem verrück-ten Glaser.

Ich spähte auch durch das halb offene Küchenfenster von Sabusch. Seine Mutter knetete einen Hefeteig auf der An-richte, ein Zeichen, dass am Abend ihre ungarischen Freun-dinnen zum Kartenspielen kommen würden.

Einer von Chajales Vätern ging eilig auf der Straße vorbei, mit einem kaputten Radiogerät in den Händen.

Vielleicht würde mich bald jemand adoptieren, vielleicht würde meine Mutter doch noch einen der Finks heiraten.

Einmal hatte ich mich getraut, meine Mutter zu fragen, ob sie die Finks mochte.

»Natürlich«, hatte sie gesagt, »Gitl ist eine tüchtige Frau.«

Sie hatte den Wink nicht verstanden. Danach hatte ich keine Fragen mehr gestellt, aber nicht aufgehört zu hoffen.

In den heißen Mittagsstunden ruhte ich mich auf der Bank an der Bushaltestelle aus und starrte verzweifelt auf die Gehsteigplatten.

Am Ende des Tages kehrte ich nach Hause zurück und erzählte meiner Mutter von den aufregenden Erlebnissen im Sommercamp. Sie hörte zu.

Auch am nächsten Tag ging ich morgens in mein eigenes Sommercamp. Dort begrüßte mich schwanzwedelnd ein dreckiger Straßenköter. Ich nannte ihn Schmulik und überlegte, ob ich mit ihm in der Allee spazieren gehen sollte. Plötzlich kam Fejge vorbei.

Ich presste mich an den Baum. Ich betete, dass sie mich nicht sehen und meiner Mutter verraten würde, dass man mich weggejagt hatte, meine Mutter würde sich aufregen, und dann würde sie mich vor allen Kindern und dem Gruppenleiter blamieren und anschließend würde sie zu Hause stunden- oder vielleicht auch tagelang schweigen.

Fejges Blick durchbohrte mich.

»Ich bin zu spät aufgestanden«, stammelte ich.

»Nu, nu, nu«, sagte sie und drohte mir mit dem Finger, wie man bösen Kindern droht.

»Sterben soll sie«, verfluchte ich sie flüsternd und kehrte in mein Sommercamp zurück. Ich streichelte den Hund Schmulik, spähte wieder in die Höfe und in die Fenster der Häuser und träumte weiter vor mich hin.

Heute wird mein Vater mit mir einen Ausflug in den Lunapark machen. Das ist das Programm für heute, hatte ich mir überlegt. Dann wartete ich auf ihn. Ihm zu Ehren sang ich vor mich hin:»Mein Papa, komm zum Lunapark, wir reiten auf dem weißen Pferd...« Weil er noch nicht kam, sang ich für ihn noch ein anderes Lied:»Mein Vater hat 'ne Leiter, hoch bis zum Himmelszelt, mein Vater ist der beste, der beste von der Welt...«

Gegen Abend, um die Zeit, in der Dorit mit dem Autobus zurückkommen sollte, tauchte Itta Rosenfeld an der Haltestelle auf. Wieder presste ich mich an den Baum, verschmolz mit dem Stamm. Itta stand am Straßenrand. Als die Autobustür aufging, stürmte sie hinein.

»Das war nicht ich!« Schmulik sprang vom Fahrersitz auf und deutete auf den Gruppenleiter. »Der war's, der sie weggeschickt hat.«

»Ich habe sie nicht weggeschickt, ich habe nur gesagt, dass sie ins Sommercamp ihres Vaters gehen soll«, verteidigte sich der Gruppenleiter, den Ittas metallischer Blick sichtlich erschreckte.

»Ich glaube es nicht«, schrie sie Schmulik an, »vor diesem Bürschchen hast du Angst?«

Itta hatte es übernommen, mich zu rächen. Ein Lächeln breitete sich auf meinem Gesicht aus. Ich näherte mich dem Autobus.

Itta packte den Gruppenleiter am Arm. »Schau dir dieses

Bürschchen an, schau ihn dir ganz genau an, er ist ein Pisser von gerade einmal sechzehn Jahren, er ist keiner von der SS.« Schmulik wurde blass. Der Gruppenleiter zappelte in Ittas Händen. Im Autobus war es still geworden.

Mein Lächeln wurde noch breiter. Auch Itta konnte sich peinlich aufführen, nicht nur meine Mutter.

»Warum hast du nichts gesagt?«, schrie Itta ihren Mann auf Jiddisch an. »Du weißt doch ganz genau, wo ihr Vater ist!« Sie schüttelte ihn.

Meine Freude war verdorben, mein Lächeln erstarb.

Dorit sprang aus dem Bus. »Hast du was gesagt?«, fiel sie, rot vor Zorn, über mich her.

Ich schwor, dass ich es nicht getan hatte.

»Dann ist bestimmt Fejge hier vorbeigekommen!«

Ich bestätigte es mit einem Blick.

»Hoffentlich sterben sie alle in Hitlers Grab«, schimpfte sie. »Ich gehe jedenfalls nicht mehr in dieses Sommercamp!«

Natürlich erfuhr meine Mutter von dem Vorfall. »Was ist heute passiert?«, fragte sie.

»Warum habe ich keinen Vater?«, brach es aus mir heraus.

»Es gibt auf der ganzen Welt nicht einen Menschen, der keinen Vater hat«, sagte sie mit eisiger Stimme, und mir wurde klar, dass ich diese Frage besser nicht gestellt hätte. Ich wusste, nun würde meine Mutter den Rest des Tages schweigen, ich würde nur noch hören, wie in der Küche das Messer auf das Hackbrett schlug.

»Dann frage ich eben Schmulik«, sagte ich bockig, als sie grimmig die grüne Paprika klein hackte.

Sie antwortete nicht.

Schmulik stand vor seinem Haus und spritzte mit einem Gartenschlauch die Hecke.

»Wo ist mein Vater?«, rief ich.

»Dein Vater ... er ... er war im Sanatorium«, stotterte er überrumpelt.

»Und wo ist er jetzt?«

Schmulik schwieg.

Golda Poschibuzki, die Nachbarin, ging an uns vorbei. »Warum hört man nicht auf, die Kleine verrückt zu machen?«, zischte sie. »Jemand soll es ihr doch endlich sagen!«

Sie trat einen Schritt auf mich zu, packte mich am Arm und schaute mir in die Augen. Ihre Lippen bewegten sich, als wollte sie mir etwas sagen, aber kein Laut kam aus ihrem Mund. Ich begriff, dass sie plötzlich erschrocken war, und statt etwas zu sagen, strich sie mir über die Wange, eine Berührung, die brannte wie eine Ohrfeige.

Ich erstarrte. Golda schloss die Augen, ließ meinen Arm los, holte tief Luft, drehte sich um und ging weiter.

Ich zitterte am ganzen Körper, trotzdem fragte ich Schmulik noch einmal: »Wo ist mein Vater?«

»Frag deine Mutter«, antwortete er mir mit schwacher Stimme und seine Augen folgten Golda, die sich immer weiter entfernte.

»Ich habe sie schon gefragt«, sagte ich gereizt. »Ich frage sie die ganze Zeit!« Schmulik gab mir keine Antwort. Er drehte den Wasserhahn zu, rollte den Schlauch zusammen und verschwand im Haus.

»Was habe ich denn getan?«, rief ich ihm nach. »Warum gibst du mir keine Antwort?« Ich raffte meinen Mut zusammen, um das, was ich fühlte, herauszuschreien.

Itta tauchte im Küchenfenster auf. »*Nu hejbt sich on a*

majsse!** Sie schlug die Hände zusammen und drehte die Augen zum Himmel. »Was will sie bloß von ihrer Mutter?«, fragte sie den Schöpfer der Welt. »Haben ihr die Deutschen, ihr Name sei ausgelöscht, nicht genug angetan?« Und zu beiden, zu Schmulik und Gott, sagte sie: »Sie wird Helena noch umbringen.«

»Mein Vater ist gekommen«, wählte ich als Thema meines Aufsatzes. Noch am selben Abend schickte ich ihn als Wettbewerbsbeitrag an die Kinderzeitung unseres Viertels, die von Ruthi, der Lehrerin, in den großen Ferien herausgegeben wurde.

»Mein Vater ist gekommen, er schaute mir von der Straßenecke entgegen, er flüsterte mir zu, dass wir in den Lunapark gehen würden.

Dort, ganz oben auf dem Riesenrad, waren nur wir beide, und die Stadt Tel Aviv war ganz klein, die Menschen in ihr waren winzig, und die Autos sahen aus wie Spielzeugautos, und das Meer war blau und weit weg.

Ich und mein Vater fuhren mit dem Riesenrad hinauf und hinunter und ich sang für ihn: ›Mein Papa, komm zum Lunapark, wir reiten auf dem weißen Pferd, mein Papa, komm zum Lunapark, mein Papa ist so schön und stark.‹ Ich brachte den Text ein bisschen durcheinander und auch die Melodie, und er lachte vor Glück.

Nach der Fahrt mit dem Riesenrad kaufte er mir einen mit Helium gefüllten blutroten Luftballon.

Ich hatte Angst, den Ballon zu halten, ich fürchtete, er

---

* Jidd.: Nun fängt eine Geschichte an; hier: Jetzt geht das schon wieder los.

könnte mir davonfliegen. Mein Vater schlug vor, die Schnur des Luftballons an meiner Hand festzubinden. Er hielt die Schnur, ich streckte die Hand aus. Und da passierte es. Mein Vater erhob sich von der Erde und flog mit dem Luftballon hinauf in die Wolken und verschwand.«

Itzik Rosenfeld, Dorits schöner Bruder, gewann im Aufsatzwettbewerb den ersten Preis. Ich bekam noch nicht einmal einen Trostpreis.

∿

Vorhin, auf dem Weg zum Friedhof, war mir Alon aufgefallen, Dorits Ehemann, den ich seit Jahren nicht gesehen hatte. An seiner Seite ging langsam eine dünne junge Frau. Sie sieht ihm ähnlich, hatte ich gedacht, und sie hat etwas Müdes an sich, so wie Dorit heute. Dann hatte ich auch das Auto gesehen, das ihnen auf dem Sandweg folgte, der von der Straße zum Friedhofstor führte. Der Fahrer war ein junger Mann von ungefähr dreißig, seine Gesichtszüge erinnerten an Schmulik Rosenfeld und in seinen Augen blitzte Fejges Blick.

Dorits Kinder, hatte ich gefolgert und noch einen Blick auf Alon geworfen, der müde und erloschen aussah. Offenbar hat er Fejge geliebt, war es mir durch den Kopf geschossen. Wenigstens einer, der um sie trauert.

∿

»Er heißt Alon«, hatte Dorit damals gesagt, als sie mir von ihrer Liebe zu ihrem Kommandeur berichtete. Am Tag, als der Jom-Kippur-Krieg endete, kündigte Itta Rosenfeld Dorits

28

Hochzeit an. Gegen Abend fuhren Nachbarn und Freunde in einem Egged-Autobus, den Schmulik lenkte, zu einer Militärbasis irgendwo im Norden, wo die Hochzeit stattfinden sollte.

Als wir ankamen, rannte Dorit mir entgegen. »Schau mich an«, rief sie.

Ich sah eine Uniform und einen Brautschleier. Ich sah eine Frau, die ich nicht kannte – Dorit aus dem Emek.

Ich sah einen kräftigen Offizier und eine schöne Offizierin, ich sah Freunde aus den Kibbuzim und Moschawim, ich sah Soldaten, die von der Front zurückgekommen waren, ich sah, wie sich alle gegenseitig auf die Schultern klopften. Und da war der Geruch von Uniformen, von Kuhställen und Orangenhainen.

»Ein Soldat, ein Soldat ist er«, sang Dorit mit ihrer klaren Stimme, »was will, was will ich mehr …« »Doritke hat einen echten Mann gefunden«, begeisterte sich ihr Vater Schmulik, und ihre Mutter Itta weinte vor Glück. Nur Itzik, ihr Bruder, erfreute sich an etwas anderem.

Aus dem Augenwinkel sah ich, wie er einem der Emek-Mädchen zuzwinkerte. Dann verbarg sich der Schwarm aller Mädchen mit ihr hinter einem Guavenbaum am Rand des Platzes, ich konnte sehen, wie sich dort ihre Körper und ihre Lippen aneinanderschmiegten.

Zu meinem Bedauern musste ich auf die Fortsetzung des intimen Schauspiels verzichten, denn Fejge zog mich zum Hochzeitsbaldachin und schrie auch Itzik an, er solle sofort die Finger von seiner *kurve** lassen.

---

* Jidd.: Hure.

Die Zeremonie begann. Der Rabbiner stimmte Segenssprüche an. Hinter mir stand Chajale Fink, die wie eine zerkratzte Schallplatte vor sich hin leierte: »Schaut sie an, sie verlässt uns, sie flieht aus dem *schtetl*, schaut sie an …«

»Keine Sorge, *majn kind*, das *schtetl* wird sie wieder einholen«, hörte ich plötzlich eine Stimme laut und bestimmt hinter uns sagen.

Ein Flüstern ging durch die Reihen der Gäste. Keiner hatte die prophetischen Worte meiner Mutter verpasst. Alle schauten sie an.

Wenn andere dabei sind, schweigt sie nicht, da hat sie immer was zu sagen, dachte ich wütend.

Zu meiner Freude kam mir der Rabbiner zur Hilfe. Er bat um Ruhe, er wollte mit der Zeremonie fortfahren. Chajale bog sich vor Lachen. Ich wurde noch wütender.

Dorit und ich, nur wir beide, waren am Friedhofstor angekommen.

»Sag, was wissen wir überhaupt von ihnen?« Dorit warf einen Blick zurück auf die Reihen der Grabsteine. Sie seufzte.

Ich ging nicht auf ihre Frage ein und sagte nur: »Das ganze *schtetl* ist hier.« Und vielleicht ist das gut so, dachte ich, doch das sagte ich nicht.

»Fast«, sagte Dorit. »Nur deine Eltern sind nicht hier begraben, zusammen mit allen anderen.«

Mein Herz setzte einen Schlag aus.

»Meine Mutter wollte in Kiriat Scha'ul begraben werden«, sagte ich. »Und mein Vater …« Das Wort »Vater« setzte plötzlich etwas in mir in Brand. »Vielleicht lebt er ja noch, vielleicht kommt er eines Tages zurück«, plapperte ich verlegen.

Noch nie war ich an seinem Grab gewesen. Ich ignorierte seinen Tod und ich ignorierte sein Leben. Die Hitze erfasste meinen ganzen Körper. Sogar jetzt, als nicht mehr junge Frau, wusste ich nicht, wo er begraben war. Ich verstummte.

»Na, du bist noch genau wie früher, du beschäftigst dich nicht mit deinen Toten. Du liebst nur die Toten der anderen.« Dorit lächelte. »Vielleicht treibt sich dein Vater ja noch in den Wäldern Polens herum, mit seinen Partisanenfreunden, oder er kämpft immer noch den Weg in das im Unabhängigkeitskrieg belagerte Jerusalem frei.« Mit ihren Worten erinnerte sie mich an die vielfältigen Väter, die ich mir in meiner Kindheit erschaffen hatte. Dann schwieg sie.

Ich entschied mich für die ultimative Version meiner Mutter und sagte: »Mein Vater ist weit weggefahren.«

»Amerika. Du warst eine Phantastin und eine Phantastin bist du geblieben.« Sie umarmte mich. »Wer kennt uns schon so gut, wie wir einander kennen?« Ein Lächeln erschien auf ihrem Gesicht, und ich nahm das Zucken ihres rechten Nasenflügels wahr, ihren leicht schiefen Schneidezahn. In mir erwachte die alte Zuneigung.

Aber warum – warum bloß war mein Vater nicht mit allen anderen begraben?

Das alte Erstickungsgefühl packte mich wieder. Ich suchte nach dem Inhalator. »Sie leidet an einem leichten Asthma«, hatte meine Mutter zu Dr. Wollmann gesagt, als ich noch in den Kindergarten ging. Sie hatte ihn davon überzeugen wollen, obwohl ich noch nie einen Anfall gehabt hatte.

»Schau an, ein neues Modell«, war Dorits Reaktion, als sie den Inhalator sah, den ich einen Moment lang in der Hand hielt. Wie üblich war das Erstickungsgefühl wieder weg, als wäre es nie dagewesen. Ich steckte den Inhalator zurück in die Tasche.

»Oh, wow! Ich glaube es nicht!«, hörte ich plötzlich eine bekannte Stimme rufen.

Bracha Poschibuzki, die Tochter des Glasers, stand vor uns, in Keilabsatzsandalen und einem geblümten Kleid, das ihr zwei Nummern zu groß war, und mit einem vollgestopften Rucksack auf dem schmalen Rücken.

»Was gibt's Neues?«, fragte sie Dorit und mich.

»Eine Beerdigung«, sagte ich.

»Oh.« Plötzlich erinnerte sich Bracha wieder daran, dass auch sie wegen der Beerdigung gekommen war. »Oh, es tut mir leid, ich bin zu spät dran, ich bin nicht rechtzeitig von der Arbeit weggekommen, aber ich hatte es wirklich fest vor«, entschuldigte sie sich. »Ich habe sogar meine Mutter mitgebracht, sie ist noch auf dem Weg, wird aber gleich hier sein. Ihr wisst doch, dass ich noch immer mit ihr zusammenlebe. Im selben Haus, im selben Zimmer«, verkündete sie uns. Und bedeutungsvoll fügte sie hinzu: »Ich werde sie nie im Leben im Stich lassen.«

Dorit machte dicht. Ich auch.

Bracha schaute mich an. »Nun, wie geht's unserer Schriftstellerin?« Und zu Dorit gewandt, fragte sie: »Und wie geht's der barmherzigen Schwester?« Ohne auf eine Antwort zu warten, teilte sie mir mit: »Ich bin Archivarin, ich leite das Archiv der Organisation der Nazi-Opfer.« Ihr Blick veränderte sich. »Wo ist eigentlich Itzik?«, fragte sie Dorit.

Dorit antwortete nicht. Die Härchen auf ihren Armen sträubten sich.

~

Ich erinnerte mich daran, wie ich mich damals an Itzik Rosenfeld dafür gerächt hatte, dass er den Aufsatzwettbewerb gewonnen hatte. In der Pause hatte ich in seiner Schultasche herumgewühlt und ein Blatt mit einem Gedicht gefunden, das er geschrieben hatte. Itzik – ein Dichter? Ich wunderte mich.

>>Weh, wie nur fällte die Axt des Satans
den mächtgen, sturmgesättigten Stamm?
Weh, wie nur wurde es erstickt, verbrannt, ermordet
unser Volk – vom Greis bis zum Jüngling?<<

Ich las die erste Strophe und verstand nichts von dem Gedicht, aber ich freute mich, dass der Schwarm aller Mädchen ein Trottel war. Das lange Gedicht, das noch viele Strophen hatte, deponierte ich auf Brachas Tisch.

>>Bracha gewidmet<<, schrieb ich an den Rand.

Als der Unterricht begann, verkündete Bracha aufgeregt, Itzik habe ihr ein Gedicht gewidmet.

In der Klasse wurde es still.

Bracha las alle Strophen des Gedichts laut vor. Die Stille verwandelte sich in lautes Gelächter.

In der nächsten Pause verkündete Ofer Silberman allen in der Schule, dass Itzik, der Trottel, in Bracha, die Kröte, verliebt sei. Am Ende des Tages kassierte Bracha von dem verlegenen Itzik einen Tritt.

Jahre danach behauptete Fejge, Itzik habe nur deshalb aufgehört, Gedichte zu schreiben, weil Bracha ihn zum Gespött gemacht hatte, nur deshalb sei er, *tfu*, in das Landwirtschaftsinternat gegangen, und dann sei es noch schlimmer gekommen, und er sei, *tfu*, nach Amerika gegangen.

~

Ich hatte damals geschwiegen und auch jetzt verriet ich nichts von meiner heimlichen Rache.

»Also, wo ist der schöne Mann?«, wollte Bracha wissen.

»Er ist weit weggefahren«, sagte Dorit mit einer Stimme, bei der es mir kalt über den Rücken lief.

»Er ist nicht zu Fejges Beerdigung gekommen?« Bracha riss enttäuscht die Augen auf. »Aber ich bin gekommen, weil ich ihn treffen wollte«, stieß sie hervor.

»Vielleicht trefft ihr euch ja bei der nächsten Beerdigung«, sagte Dorit.

»Und wo ist Chajale?«, erkundigte sich Bracha jetzt auch noch nach anderen. »Wisst ihr noch, wie wir immer zusammengesteckt haben? Wisst ihr noch, was für Freundinnen wir waren?« Ihre Augen leuchteten auf.

»Ja, das wissen wir noch«, antwortete Dorit. »Wir wissen auch, dass das über vierzig Jahre her ist.« Ihre metallische Stimme löschte den Nostalgiefunken in Brachas Augen.

Golda Poschibuzki – ein Schauer überlief mich, als ich sie auf dem Sandweg entdeckte. Ich erkannte sie sofort, ich erkannte auch das schwarze, für Beerdigungen und Hochzeiten reservierte Kleid, die kleine Lacktasche und die schweren Schuhe.

Ich betrachtete sie und stellte fest, dass ihre Haare zwar dünner und grauer geworden waren, sie aber auch jetzt, nach all den Jahren, noch immer ihren wachen, scharfen, durchdringenden Blick hatte. Nur die Haut ihres Gesichts verriet unbarmherzig ihr fortgeschrittenes Alter.

Golda hatte das Tor erreicht. Kaum einer ist noch geblieben, schien ihr trauriger Blick zu sagen. Sie trat zu uns, der vertraute Duft von »Courage« wehte mir entgegen. Sie umarmte erst Dorit lange, dann auch mich. Ihre Anwesenheit setzte mich unter Druck, wie immer. Ich versuchte, Haltung zu bewahren und zu lächeln.

»Ich bin gleich wieder da«, sagte sie und ging zu den Gräbern hinüber.

Wir blieben am Tor stehen.

»Wir müssen uns unbedingt einmal treffen«, beschied uns Bracha.

»Ich habe am Tag der Shoah frei«, schlug ich vor und hoffte, damit ihre Begeisterung zu bremsen.

»Am Tag der Shoah habe ich wirklich viel zu tun, ich bin zur Zeremonie von Yad Vashem eingeladen, zu der von Amcha und zu der der Nachfolgenden Generationen, sodass ich wirklich – aber wirklich – keine Zeit habe«, entschuldigte sie sich.

»Eine VIP der Shoah.« Ich lachte. Auch Dorit musste lachen.

»Ja, eine VIP der Shoah«, wiederholte Bracha stolz, sie nahm es als Kompliment. Sie wandte sich an Dorit. »Habt ihr noch immer die Gästezimmer? Und arbeitest du noch als Krankenschwester in der Chirurgie?« Und mich fragte sie: »Und du – was ist mit dir, worüber schreibst du gerade? Wirklich, ich habe dich seit Jahren nicht mehr gesehen.« Sie musterte mich. »Du kommst überhaupt nicht mehr ins Viertel.«

Sie gab sich selbst die Antwort: »Na gut, du hast ja niemanden zu besuchen. Dein Vater ist schon vor Beginn der Zeitrechnung gestorben, und deine Mutter auch.« Sie versprach mir: »Eines Tages werde ich deine Bücher lesen. Und wohin geht ihr jetzt?«

»Zurück zu den Gästezimmern«, antwortete Dorit ungeduldig.

Ich half ihr, Bracha abzuwimmeln. »Zu den Schiwa-Festivitäten.«

»Vielleicht kannst du ja den Mohnkuchen deiner Mutter mitbringen«, sagte Bracha aufgeregt.

»Ich habe schon seit Jahren keinen Mohnkuchen mehr gebacken«, informierte ich sie.

»Wie sehr habe ich ihren Mohnkuchen geliebt, ich habe immer darauf gewartet, dass endlich jemand stirbt«, sagte Bracha und meinte es auch so.

Dorit lächelte. »Hast du überhaupt das Rezept?«, fragte sie mich.

»Meine Mutter hat mir kein Erbe hinterlassen, auch kein Rezept«, sagte ich. »Aber ich habe jede Menge Backbücher. Jahrelang habe ich versucht, ein Rezept für einen Mohnkuchen zu finden, der so schmeckt wie ihrer. Leider ist es mir bis heute nicht gelungen, einen Kuchen zu backen, der so trocken und so verbrannt ist wie der von meiner Mutter.«

Dorit lachte, und ich lachte auch. Bracha hörte schon nicht mehr zu, ihre Augen bewegten sich unruhig hin und her.

Genau in diesem Moment hupte ungeduldig ein Auto vor dem Tor. »Mama, komm! Papa muss nach Hause!«, rief Dorits Sohn.

Dorit wurde rot. »Nur noch einen Moment«, rief sie.

Ich spürte, dass es ihr schwerfiel, sich zu verabschieden.

Das Hupen hatte Bracha wieder munter gemacht, sie brach erneut in einen Redeschwall aus, entschuldigte sich noch einmal, dass sie es vermutlich nicht schaffen würde, während der Schiwa einen Kondolenzbesuch zu machen, erklärte, sie müsse wieder zurück zur Arbeit, sie habe wirklich – aber wirklich – viel zu tun, denn seitdem sie ihre Stelle als Lehrerin für Geschichte und Werken aufgegeben habe, würde sie im Shoah-Archiv für anderthalb arbeiten. »Und wenn es nötig ist, bin ich auch die Adjutantin des Vorsitzenden«, fügte sie stolz hinzu. »Bestimmt freut ihr euch auch, wenn wir uns mal wieder treffen, wie früher!« Begeistert von dieser Aussicht, versicherte sie: »Für euch werde ich schon Zeit finden.« Sie nahm den Rucksack ab, zog ein zerknittertes Heft heraus und notierte unsere Telefon- und Faxnummern sowie unsere Mail-Adressen.

Ich spähte in ihre mobile Rumpelkammer.

»Alles von der Shoah«, sagte sie mit leuchtenden Augen. »Du glaubst nicht, was ich über ihre Mutter herausgefunden habe«, flüsterte sie plötzlich, mit einem Seitenblick zu Dorit. »Ich habe ihren Zeugenbericht in Yad Vashem gelesen, was für eine Shoah hatte sie, das ist eine Geschichte, ich sage dir, was für eine Geschichte.«

Dorits Blick war in die Ferne gerichtet. Sie hatte es gehört, aber sie wollte es nicht hören.

Nach dem Besuch bei ihren Freunden kehrte Golda zu uns zurück.

»Ich habe euch so lange nicht gesehen«, sagte sie, schaute dabei aber nur mich an. »Wann kommst du mal zu Besuch?« Auch diese Frage galt nur mir. Sie sah mich an und packte mich fest am Oberarm, genau wie früher.

»Jemand soll es ihr doch endlich sagen!« Plötzlich erinnerte ich mich an ihren Ausruf, und mein Herzschlag setzte kurz aus, genau wie damals, wie vor über vierzig Jahren, als ich Schmulik nach meinem Vater gefragt hatte.

Bracha hatte es eilig, zur Arbeit zurückzukehren, sie drängte ihre Mutter zum Gehen. Erst da konnte ich wieder durchatmen.

»Ich schwöre bei Gott, ich werde Dokumente über Fejge finden«, versprach sie Dorit, bevor sie ging. Auch mich beehrte sie mit einem Versprechen. »Und auch welche zu deiner Mutter und sogar zu deinem Vater.«

Schwäche überkam mich. Angespannt versuchte ich den Riss in mir zu schließen, aus dem die Erinnerung hochstieg, ich wollte alle Erinnerungen wegdrängen.

Ich wurde rot, ich schämte mich, ich wandte den Kopf von Dorit weg und betrachtete das Viertel jenseits der Straße. Ich sah Bracha und Golda hinterher, beobachtete, wie sie in Richtung ihres Hauses im Viertel liefen. Ich konnte den Blick nicht von ihnen abwenden.

»Kröte«, sagte Dorit. So hatten wir Bracha früher genannt.

»Ja, Kröte«, wiederholte ich zerstreut.

Dann brach die Frage, die mir so zusetzte, aus mir heraus: »Aber warum ist mein Vater nicht hier begraben, mit allen anderen?«

Dorit ignorierte die Frage, vielleicht hatte sie sie auch nicht gehört, und deutete mit dem Finger auf Bracha, die sich immer weiter entfernte. »Schau sie dir an«, murmelte sie, »alles in allem ist sie ein bedauernswertes Geschöpf. Bald gehen ihr die Leute im Viertel aus, bald geht ihr die Vergangenheit aus. Wer kommt denn noch zu Besuch ins Viertel? Nachdem meine Mutter gestorben ist und Fejge das Viertel verlassen hat, habe ich diese Straße nicht mehr überquert, seitdem bin ich nicht mehr im Viertel gewesen. Zehn Jahre, ja, zehn Jahre …«

»Ich bin in diesem Jahrhundert noch nicht dort gewesen. Meine Mutter ist, wie Bracha gesagt hat, noch vor Beginn der Zeitrechnung gestorben.« Ich lächelte mühsam.

Wir schauten weiter Bracha und Golda hinterher, bis sie in den kleinen Weg einbogen, der zu ihrem Haus führte, und sie nicht mehr zu sehen waren.

Dorit riss mich aus meinen Gedanken. »Also, wann kommst du zu mir?« Mit diesen Worten zerbrach sie den Status quo zwischen uns und den Status quo in mir. Seit wir unseren Kontakt erneuert hatten, war ein solcher Vorschlag noch nicht auf der Tagesordnung aufgetaucht. Zwischen uns bestand eine stillschweigende Übereinkunft, die Gegenwart aus unserer Freundschaft herauszuhalten. Sie besuchte mich nicht, ich besuchte sie nicht.

Plötzlich prasselten von allen Seiten Einladungen auf mich herunter. Ich fühlte mich unter Druck gesetzt. Was wollten sie alle von mir? Warum bedrängte mich jetzt auch Dorit?

Sie weiß doch, dass ich schon seit Jahren ungern das Haus verlasse, ich bin ein unbeweglicher Mensch. Gebt mir einen Computer, eine Tastatur und Geschichten, und überhaupt, was ist schlecht daran, ins Kino zu gehen, fragte ich mich. Aber zu Dorit sagte ich, dass ich bestimmt, ganz bestimmt einmal kommen würde. Ich wusste, dass ich es nicht tun würde.

Dorit bemerkte mein Zögern, sie kannte mich, zum ersten Mal beschrieb sie mir die Landschaft des Emek, den Whirlpool zwischen den Oliven- und Pistazienbäumen.

»Sag«, unterbrach ich sie, »was ist schlecht daran, dass wir uns mit Julia Roberts treffen, mit George Clooney, Brad Pitt und Uma Thurman?« Ich wollte unsere Routine beibehalten. »Ab jetzt haben wir vier Gedenktage, viermal im Jahr Kino und Popcorn.«

»Vielleicht kommst du trotzdem«, sagte Dorit leise und senkte den Blick. »Letztlich bin doch nur ich es, die noch für Fejge Schiwa sitzt, ich allein.«

Dieser Bitte konnte ich mich nicht verweigern. »Ich werde kommen«, versprach ich und drohte: »Aber ich bringe Mohnkuchen mit.«

»Einen trockenen, der einem im Hals stecken bleibt, wie ihn deine Mutter immer gebacken hat«, bat Dorit, und beide lachten wir.

Dann ging sie, stieg in das vor dem Tor wartende Auto, winkte mir zu und fuhr davon.

Ich blieb am Friedhofstor stehen und schaute hinüber zu den Häusern des Viertels jenseits der Straße. Auf jeden Fall ist es besser, Dorit im Emek zu besuchen als Golda im Viertel, dachte ich und fügte mich in das mir auferlegte Übel.

Lange stand ich so da, bis mir bewusst wurde, dass ich allein war. Nur ich und die Toten, alle anderen waren fort. Ich rannte fast zum Parkplatz, stieg ins Auto und fuhr davon.

Warum hat man mir nie gesagt, ob mein Vater lebte oder tot war? Warum schwiegen sie alle über sein Leben und über seinen Tod? Wo, zum Teufel, hatte meine Mutter ihn begraben? Mein Kopf dröhnte. Alle Geschichten, die ich mir selbst erzählt hatte, tauchten auf, alle Biographien, die ich mir ausgedacht hatte, schwirrten wild durcheinander.

Traurigkeit breitete sich in mir aus.

Genug, rief ich mich selbst zur Ordnung. Schon in meiner Jugend hatte ich mir befohlen, nicht länger in meiner Vergangenheit herumzustochern.

Mein Auto holperte über den Sandweg, Staubwolken wirbelten auf. Ich fuhr langsamer. Meine Hände am Lenkrad schwitzten.

Fast das ganze Viertel liegt schon hier begraben, dachte ich, und um mich zu zerstreuen, stellte ich mir ein Schild vor, auf dem stand: Der Friedhof ist belegt, bitte wenden Sie sich an einen Ersatzfriedhof. Und in Gedanken wandte ich mich an die Friedhofsleitung: Hoffentlich haben Sie dennoch einen Platz für Golda Poschibuzki reserviert. Ich hoffte, sie würde ebenfalls bald sterben. Die letzte, die vielleicht noch die Antworten auf meine Fragen weiß, wird verschwinden, sagte ich mir, und dann werde ich endgültig Ruhe haben.

Ich erhöhte das Tempo wieder, der Geruch von Teer stieg mir in die Nase, von nahem war der Lärm schwerer Maschinen zu hören, Staub drang mir in die Augen, ich blinzelte.

Die stummen Blicke von Itta, Fejge, Schmulik und all den anderen bohrten sich anklagend in mich.

Was hatte ich eigentlich getan? Warum hatten sie mir nicht geantwortet?, fragte ich mich heute so wie damals.

»Reicht es nicht, was Helena durchgemacht hat, braucht sie jetzt auch noch dieses Mädchen!«, hörte ich die bekannte Antwort. Wie bei einer obsessiven, hoffnungslosen Liebe versuchte ich nicht mehr unaufhörlich daran zu denken – an das, was ich nicht wusste, an das, was sie mich nicht wissen lassen wollten.

Plötzlich stieß ich mit meiner Stoßstange an eine Schranke.

Jenseits der Absperrung schaufelte ein Bagger eine Trasse in den Sand, eine Walze verteilte glühendheißen Teer.

Alle sind tot, ermahnte ich mich, und mit ihrem Schweigen haben sie mir befohlen, nicht zu wissen. Ich hatte mir sowieso immer Biographien ausgedacht. Vermutlich war und ist in meinem Fall die Lüge besser als die Wahrheit, tröstete ich mich. Ich versuchte, die ganze Sache abzuschließen, mich zu beruhigen.

Ich saß fest. Ich atmete heißen Teergeruch ein, starrte in die Staubwolken und wartete darauf, dass jemand die Schranke öffnen und mich durchlassen würde.

Es dauerte eine Weile, bis ich das Schild zur Kenntnis nahm: »Straßenbauarbeiten. Bitte der Umleitung folgen.«

»Der Umleitung folgen.« Wieder und wieder las ich das Schild und erschrak. Mir wurde klar, dass ich nun, ob ich wollte oder nicht, durch unser altes Viertel fahren musste. Ich wendete.

~

»Ich gehe in mein Sommercamp«, hatte ich meiner Mutter am frühen Morgen zugerufen. Sie hatte nicht geantwortet, sie hatte überhaupt nicht reagiert, sie saß schweigend da, mit einer Kaffeetasse und einer polnischen Zeitung vom Vortag.

Ich floh zu meinem Baum, zu meiner Überraschung traf ich dort auf Dorit. Sie teilte mir mit, dass sie nun, nach dem Auftritt ihrer Mutter im Autobus, bei mir bleiben würde. Dann schlug sie vor, wir sollten uns in die nahe Allee zurückziehen, die außerhalb von Fejges täglicher Spazierroute lag, dort wären wir vor ihr sicher.

Ich nahm den Vorschlag an. In der Allee setzten wir uns auf

die Bank unter der großen Pinie und starrten in die Gegend, auf den Sandkasten, die leeren Schaukeln, die müden Straßenkatzen, die in den Mülleimern nach Essensresten suchten. Vier Tage verbrachten wir so, wir saßen auf der Bank in der Allee, starrten in die Gegend und nichts tat sich, es war nur heiß, heiß und feucht. Wir hatten nichts, worüber wir uns unterhalten konnten. Ich betete insgeheim darum, dass Dorit in das Sommercamp ihres Vaters zurückgehen würde. Ich sehnte mich danach, allein zu sein, zu meinem Baum zurückkehren, wieder in die Höfe und die Zimmer der Leute spähen und von meinem Vater träumen zu können.

Aber Dorit blieb an mir kleben. Sie erschien jeden Morgen in der Allee, setzte sich auf die Bank, starrte auf das Ameisennest darunter und schlug am fünften Tag sogar vor, wir sollten über die Ameisen eine Reportage für die Kinderzeitung schreiben.

Wie kann sie so einfach auf das Egged-Sommercamp verzichten?, wunderte ich mich. Und dann noch die blöde Idee mit den Ameisen – eine Reportage über Ameisen, wer interessierte sich denn für so etwas?

Diesmal konnte Dorit meine Gedanken nicht lesen. Sie schlug vor, wir sollten beschreiben, wie die Ameisen in einer langen, gewundenen Reihe marschierten und fadendünne Pfade in den trockenen Sand zogen. Sie schämte sich nicht, mir weismachen zu wollen, dass es keine interessanteren Insekten als Ameisen gäbe.

Irgendwie tickt sie nicht mehr richtig, dachte ich.

Ich wollte aufstehen und weggehen. Genau in diesem Moment tauchte von irgendwoher Bracha Poschibuzki auf. Sie ließ sich neben uns auf die Bank fallen und berichtete uns aufgeregt, ihre Mutter habe ihr erzählt, dass es auf der Welt einen Ort gegeben hatte, den man »Shoah« nannte, dort hatten sechs Millionen Juden gewohnt, und die Deutschen hatten sie mit Gewalt weggeholt, ausgezogen, ihnen die Haare abrasiert und sie an einen Ort geschickt, der Krematorium genannt wurde, dort hatte man sie bei lebendigem Leib verbrannt, und alle Juden stiegen durch den Schornstein zum Himmel hinauf und sie hatten keine Gräber. »Sechs Millionen und nicht ein einziges Grab«, betonte sie.

Ich fing Feuer: Zum ersten Mal erzählte mir jemand etwas von der Shoah.

»Alle wissen, dass Bracha spinnt«, flüsterte mir Dorit zu.

Bracha hatte es gehört. »Ich spinne nicht! Frag deine Mutter, dann wirst du schon sehen!« Sie streckte ihren Kopf ganz nahe zu Dorit.

»Du stinkst aus dem Mund!«, schrie Dorit und stieß sie weg.

»Sechs Millionen Juden haben diese Mistkerle verbrannt«, beharrte Bracha und rief laut: »Sechs Millionen bei lebendigem Leib verbrannt!«

»Sie hat wieder Brot mit Margarine und Knoblauch gegessen«, beschwerte sich Dorit wütend.

»Stimmt nicht«, fauchte Bracha besiegt und lief weg.

∼

Nach über fünfzehn Jahren fuhr ich erstmals wieder die Hauptstraße des Viertels entlang. Es ist verboten, den Wagen zu verlassen. Es ist verboten, das Fenster zu öffnen. Es ist verboten, die Hand aus dem Fenster zu strecken. Vorsichtsregeln schossen mir durch den Kopf. Wie bei einer Safari: Man muss Löwen und Tigern, die den Weg kreuzen, den

Vortritt lassen. Aber nur Autos waren unterwegs, die Straße war menschenleer. Im Vorbeifahren fiel mein Blick auf Chajales Haus.

~

Nachdem Bracha beleidigt abgezogen war, waren Dorit und ich damals allein in der Allee zurückgeblieben. Sie fing wieder mit den Ameisen an, aber ich hörte ihr nicht zu. Brachas Shoah ließ mir keine Ruhe. Meine Gedanken schwirrten wild durcheinander. Meine Mutter und mein Vater sind wahrscheinlich auch dort gewesen, in der Shoah, dachte ich.

Ich wollte, dass Dorit den Mund hielt, ihre Ameisen interessierten mich nicht.

Ich suchte nach einem Ausweg. In der Ferne sah ich Chajale im Hof spielen.

»Komm, lass uns zu Chajale gehen«, schlug ich vor.

»Bracha war doch schon mehr als genug«, sagte Dorit wütend.

»Was hat das mit Chajale zu tun?«, fragte ich verwundert.

»Mit Chajale spiele ich nicht«, flüsterte sie mir ins Ohr.

Ich verstand nicht, was Dorit gegen Chajale hatte. Chajale war zwar langweilig und normalerweise ging sie mir auch auf die Nerven, doch ich dachte bei mir, eine Balletttänzerin sei einer Ameisenforscherin entschieden vorzuziehen. Und insgeheim hoffte ich, das Ganze würde so ausgehen, dass Dorit und Chajale miteinander spielten und ich beide los wäre.

»Was, weißt du nicht, dass Chajales Mutter eine *kurve* ist?«, fragte Dorit.

Obwohl ich dieses Wort schon oft gehört hatte, wusste ich nicht, was es bedeutete.

»Eine *kurve*«, erklärte Dorit, »ist eine Frau wie Gitl, die zwei Männer hat.«

»Na und?«, sagte ich. Diese Erklärung reichte mir nicht.

»Was heißt da: na und?«, fuhr mich Dorit wütend an. »Meine Mutter erlaubt mir nicht, mit ihr zu spielen, und meine Mutter erlaubt mir auch nicht, zu ihr zu gehen.«

Ich schaute Dorit mit aufgerissenen Augen an.

»Chajale wohnt in einem Bordell«, fügte sie als Grund hinzu und flüsterte: »Bordell, das ist ein Haus von Huren.«

»Chajale wohnt in der Blut-der-Makkabäer-Straße«, entgegnete ich.

Chajale lernt Ballett und hat ein Klavier, wiederholte ich für mich die Vorzüge, die meine Mutter mir aufgezählt hatte. Meine Mutter hatte auch gesagt, Gitl Fink sei eine tüchtige Frau, die in aller Frühe das Haus verlasse, zu einer reichen Familie im Norden von Tel Aviv fahre, den Leuten die Wohnung putze und abends mit einer Tasche voller Überraschungen zurückkomme zu Chajale, ihrer Tochter, und zu Jona und Jissachar, ihren Ehemännern.

»Das ist mir doch egal, Bordell oder *kurve*, jede Arbeit macht dem Menschen Ehre«, zitierte ich einen Spruch meiner Mutter. Ich stand auf und machte mich auf den Weg zu Chajale.

Dorit lief hinter mir her. Ich ignorierte sie und lud Chajale ein, sich uns anzuschließen.

»Ich muss noch üben«, sagte Chajale und ging ins Haus.

»Siehst du?« Dorit genoss ihren Sieg. »Nur ich und du, das ist am besten. Nur wir beide, die besten Freundinnen.«

»Was heißt das: beste Freundinnen?«, fragte ich gereizt.

»Freundinnen ohne Geheimnisse«, antwortete Dorit.

»Wir haben also keine Geheimnisse?« Diese Vorstellung erschreckte mich.

»Natürlich nicht.« Sie zuckte nicht mit der Wimper.

Ich hatte Angst, ich müsste ihr erzählen, dass ich den Hund, den ich adoptiert hatte, nach ihrem Vater Schmulik genannt hatte.

»Schwöre es.« Ich verlangte eine Sicherheit.

»Meine Mutter soll in Hitlers Grab sterben, wenn ich ein Geheimnis habe. Und jetzt du.«

So eine Lügnerin! Fejge, ihre Tante, wusste alles, auch ihre Mutter und ihr Vater wussten, wo mein Vater war, bestimmt hatten sie es ihr verraten. Diesen Gedanken behielt ich für mich.

»Nun, schwör schon«, drängte Dorit.

»Meine Mutter soll ersticken«, schwor ich trotz meiner Bedenken.

In jener Nacht erschrak ich vor dem Schwur, den ich geleistet hatte, ich hatte Angst, meine Mutter würde ersticken.

In jener Nacht herrschte, anders als in allen anderen Nächten, Stille in ihrem Schlafzimmer.

»*Mame!*«, schrie sie sonst jede Nacht, »*mame, mame!*«

In jener Nacht war es die Stille, die mir Angst machte. Ich sprang aus dem Bett und spähte in das dunkle Zimmer.

Meine Mutter lag auf dem Rücken, ihre Hände hingen auf beiden Seiten des Bettes herunter wie mit Gewichten beschwert, bewegungslos, leblos. Ihre Lider waren halb geöffnet, ihr Mund stand offen.

»Mama!« Ich schüttelte sie. »Mama!«

Sie reagierte nicht.

Etwas war ihr passiert, ich zitterte. So sahen die Toten von der Shoah aus.

Bestimmt war sie erstickt. Ich wollte um Hilfe rufen.

Auf der Kommode neben ihrem Bett sah ich eine Tüte mit Medikamenten und ein halb volles Wasserglas.

Völlig erstarrt stand ich da, und erst als sie den Kopf bewegte und seufzte, floh ich zurück in mein Zimmer. Ich beruhigte mich mit dem Gedanken, dass ich, wenn sie morgen früh nicht aufstünde, zur Huberman-Straße 6 gehen würde, zu meinem Onkel.

Schließlich war ich nicht allein in der Welt.

»Schau dir die Blüten an«, hatte meine Mutter gesagt und auf die Ficusbäume in der Rothschild-Allee geblickt. Sie hatte das Autobusfenster aufgemacht und tief die hereindringende Luft eingeatmet.

»Bald wird der Schnee und das Eis schmelzen und in den Bächen wird klares Wasser fließen«, hörte ich sie sagen. »Und im Frühling werden kleine Kinder im blühenden Wald Preiselbeeren, Himbeeren und Kirschen pflücken, und ein Eichhörnchen mit einem dichten Schweif wird auf den Zweigen herumhüpfen.« Ihr Blick schweifte in die Ferne.

An der Haltestelle beim Habima-Theater stiegen wir aus dem Bus und überquerten die Straße. Vor einem dreistöckigen Haus blieb meine Mutter stehen. Die oberen Stockwerke wurden halb von einer Baumkrone verdeckt, die Fenster von Vorhängen, der Balkon von einer blau-weißen Markise.

»Hier, im ersten Stock links«, sagte meine Mutter zu mir, »wohnt dein Onkel Aaron. Er war siebzehn, als er Polen verließ. Danach haben wir nichts mehr von ihm gehört. Ich wurde erst geboren, nachdem er schon weggegangen war. Deine Großmutter hat mir immer erzählt, ich hätte einen Bruder in einem fernen Land. Einen Bruder, der noch nicht mal wisse, dass er eine kleine Schwester bekommen habe, und würde er es erfahren, dann würde er es bestimmt nicht glauben.«

Wir stiegen in den ersten Stock hinauf und blieben vor einer Tür stehen. Meine Mutter deutete auf das Türschild mit der Aufschrift »Aaron und Berta Hochdorf«.

»Jetzt hör mir gut zu«, ihr Tonfall veränderte sich, »falls mir etwas passiert, gehst du hierhin, in die Huberman-Straße 6, erster Stock links, klopfst an die Tür und sagst, dass du die Enkelin von Frejde bist.«

Dann gingen wir die Treppe wieder hinunter und traten hinaus auf die Straße.

Ich schaute mich um und sah einen alten Mann auf dem Balkon stehen und herunterschauen.

Ich lächelte und winkte ihm zu. Nächsten Frühling werden wir wiederkommen, versprach ich ihm in Gedanken.

Auf dem Heimweg hörte meine Mutter mich ab. »Falls mir etwas passiert, wohin wirst du gehen?«

»In die Huberman-Straße 6, erster Stock links«, antwortete ich.

»Du bist nicht allein in der Welt«, sagte sie zu mir und zu sich selbst: »Sie ist nicht allein in der Welt.«

Ich fuhr weiter durch das Viertel, vorbei an den vertrauten Häusern, dem Park und der Allee. Als ich mich der Kranken-kassenambulanz näherte, verringerte ich die Geschwindigkeit.

Plötzlich, nach so vielen Jahren, sah ich den Flur wieder vor mir, die Tür mit dem Schild: »Dr. Wollmann – Arzt / Helena – Krankenschwester«.

Und mir stieg wieder der Geruch von Medikamenten und Lysol in die Nase.

Ich spürte, wie mir ein Schauer über den Rücken lief, und ich spürte auch, wie Sehnsucht in mir aufstieg. Mit zitterndem Fuß drückte ich auf das Gaspedal, ich wollte weg von hier, schnell weg. Doch noch bevor ich das Viertel hinter mir lassen konnte, musste ich anhalten, vor einer defekten roten Ampel staute sich der Verkehr. Meine Gedanken schweiften wieder zurück in die Vergangenheit.

Am Morgen nach jener Nacht voller Angst war meine Mutter aufgestanden, sie saß im Nachthemd in ihrem Sessel, eingehüllt in Schweigen, neben sich eine Tasse Kaffee, den sie nicht trank, in der Hand die polnische Zeitung von vor ein paar Tagen, die sie nicht las.

»Was habe ich getan?«, fragte ich erschrocken.

Bestimmt hatte ihr Golda Poschibuzki erzählt, dass ich gar nicht ins Sommercamp fuhr. Und auch das, was wir von Bracha wussten.

Meine Mutter schwieg nur.

Bestimmt ist sie traurig, weil ihre Familie in der Shoah verbrannt wurde, versuchte ich mir ihr Schweigen zu erklären.

Erst da verließ ich das Haus, rannte zur Allee und hoffte, Bracha würde bereits dort warten und mir weitere Einzelheiten von jenem Ort erzählen, der Shoah genannt wurde, und vielleicht auch etwas über meine Mutter. Aber als ich bei der Bank ankam, saß da nur Dorit mit einer Lupe, einem Heft und Stiften. Sie erklärte, sie wolle jetzt ernsthaft die Sache mit den Ameisen angehen. Heute würden wir alle Ameisen in diesem Bau kennenlernen, ihnen Namen geben, Grenzen markieren und ein Schild im Sand aufstellen, auf das wir schreiben würden: »Vorsicht, nicht betreten – hier leben Ameisen!« Sie sprudelte über vor dummen Ideen. Nicht einmal die Hitze und die juckenden Ameisenbisse an ihren Beinen vermochten ihre Begeisterung zu dämpfen. Als ich mich neben sie setzte, gab sie mir das Heft und einen Stift und verlangte, ich solle das Protokoll schreiben.

Ich hielt das Heft und den Stift, ohne etwas zu schreiben. Ich wünschte mir nichts sehnlicher, als dass Dorit endlich wieder ins Sommercamp ihres Vaters zurückkehren würde.

»Was hast du?«, fragte sie ärgerlich.

»Vielleicht sind auch deine Verwandten verbrannt«, platzte ich heraus.

»Wladek und Fejge sind nicht verbrannt«, antwortete sie verächtlich.

Ich blieb auf der Bank in der Allee sitzen und wartete darauf, dass Bracha endlich auftauchen und mir mehr von der Shoah erzählen würde.

Bracha tauchte auf, und auch diesmal überfiel sie uns mit einer dramatischen Mitteilung. »Meine Mutter hat gesagt, dass wir zu unserer Bat Mizwa als Geschenk die Periode bekommen.« Ihre großen schwarzen Augen glühten. »Periode ist Blut im Pipi, das ist dann ein Zeichen, dass wir schon groß sind«, erklärte sie begeistert.

Ich war enttäuscht, ich hatte gehofft, mehr von der Shoah zu hören.

»Periode?«, stotterte ich. Das Wort hatte ich noch nie gehört.

»Wenn ihr erst eure Periode bekommt, könnt ihr eure

Mütter nach dieser Shoah fragen, von der ich euch erzählt habe, nach dem Krematorium, in dem man Juden verbrannt hat, nach den Muselmännern, das waren Juden, die gestreifte Pyjamas anhatten und ausgesehen haben wie Skelette, und nach den Kapos, das waren jüdische Verräter, die den Deutschen geholfen haben und von denen heute noch welche bei uns im Viertel wohnen.«

Ich war elektrisiert. Ich begriff, dass Bracha eigentlich ein Geheimnis in einem Geheimnis in einem Geheimnis offenlegte. Aufmerksam lauschte ich ihr. Aber Dorit wischte Brachas Worte mit einer Handbewegung weg und forderte sie auf, zu verschwinden.

»Du wirst schon sehen, dass ich nicht gelogen habe, wenn du die Periode bekommst, wird dir deine Mutter genau dasselbe erzählen, was meine Mutter mir erzählt hat, und dann wirst du mir glauben, dass wegen der Deutschen, ausgelöscht sei ihr Name und ihr Andenken, niemand im Viertel Verwandte hat, keinen Großvater und keine Großmutter, keine Onkel und keine Tanten, alle sind verbrannt worden.« Bracha glühte vor Aufregung. »Wenn du die Periode bekommst, wirst du sehen, dass ich keinen Unsinn erzählt habe.« Sie schaute mich an.

»Blut im Pipi!« Für Dorit stand endgültig fest, dass Bracha spinnt.

»Wir haben zu tun, in Sachen Ameisen«, verkündete sie Bracha. »Du störst. Und außerdem, ich habe Verwandte.«

Bracha lief gekränkt davon.

Ich blieb mit Dorit zurück und wir beobachteten den Zug der Ameisen. Nach einer Weile gab ich auf und sagte, wenn wir schon etwas für die Zeitung schreiben wollten, dann doch lieber über die Shoah als über Ameisen, dieses

Thema zu verbreiten sei meines Erachtens wichtiger. Dorit schwieg.

»Vielleicht schreibst du über Ameisen und ich über die Shoah«, schlug ich als Kompromiss vor. Aber Dorit gab mir keine Antwort, und bis zum Abend wechselten wir kein Wort mehr miteinander.

Am Abend ging ich wieder zu Chajale, ich hoffte, sie für Brachas Geschichten interessieren zu können. Zu meiner Enttäuschung setzte sich Chajale ans Klavier und schlug ihr Notenheft auf.

»Das ist Chopin«, erklärte sie und sagte, dass sie sich auf die Aufnahmeprüfung am Konservatorium in Ramat Gan vorbereiten müsse. Soll sie sie bestehen, das wünschte ich mir aus ganzem Herzen, soll sie doch für immer dort bleiben.

»Viel Erfolg am Krematorium«, sagte ich.

»Kon-ser-va-to-rium«, betonte sie gereizt.

»Von mir aus«, sagte ich patzig. Sie schien endlich zu begreifen, dass ich wütend auf sie war, denn plötzlich fiel es ihr ein, mich zu fragen, was ich ihr überhaupt hatte erzählen wollen.

»Irgendwas, etwas, was Golda Bracha erzählt hat«, sagte ich.

»Bracha spinnt«, sagte Chajale und lachte. »Und ihre Mutter auch. Und ihr Vater ist der Verrückteste von allen.« Dann fuhr sie fort zu üben.

Ich und meine Albträume kehrten nach Hause zurück. Nachts warf ich mich im Bett hin und her und sah brennende Menschen.

Am nächsten Morgen saß meine Mutter wieder schweigend in ihrem Sessel, mit einer Tasse Kaffee und einer Tüte

Beruhigungstabletten und immer noch derselben alten polnischen Zeitung, lauschte den Nachrichten im Radio, sagte noch nicht einmal guten Morgen zu mir und lächelte auch nicht, wie sie es sonst tat.

»Mama, bekommen Mädchen Blut ins Pipi?«, fragte ich in der Hoffnung, sie zu verblüffen. Doch zu meiner Verwunderung sagte sie bloß: »Ja, jeden Monat.« Sie stand sogar auf, ging zum Bücherregal, zog ein Buch heraus und drückte es ans Herz. Wie schön wäre es, wenn sie mich auch so an sich drücken würde, dachte ich eifersüchtig.

Anatomiebuch las ich auf dem Umschlag.

Meine Mutter legte das Buch auf ihre Knie, wie ein Baby, schlug es auf und strich zärtlich über die Seiten. Sie erzählte mir von der Gebärmutter, den Eileitern, den Eierstöcken, von Fruchtbarkeit und was damit zusammenhing. Alles erklärte sie mir mit großer Ausführlichkeit, und sie erwähnte auch etwas, was Männer und Frauen nachts im Bett taten.

Ich erschrak. So viel Wissen hatte ich nicht angestrebt. Mir fiel auf, dass sie das Radio ausgemacht und die polnische Zeitung zur Seite gelegt hatte, nur um mir zu antworten, um mit mir zu sprechen. Mir schien, dass meine Frage ihr gefallen hatte, aber die ganze Sache mit der Periode interessierte mich eigentlich gar nicht.

»Stimmt es, dass mein Großvater und meine Großmutter verbrannt worden sind?«, unterbrach ich sie.

»Das stimmt.« Auch diese Frage beantwortete sie mir, doch diesmal war ihre Antwort für meinen Geschmack zu kurz. Sie reichte mir das aufgeschlagene Anatomiebuch. »Für den Fall, dass du noch mehr wissen willst.«

Ich nahm das Buch, schlug es zu und drückte es mit beiden Händen an mich, genau wie sie es getan hatte.

»Meine Onkel und Tanten sind im Krematorium verbrannt worden?« Ich konnte mich nicht mehr beherrschen, ich wollte mehr erfahren.

»Auch das stimmt«, antwortete meine Mutter, wieder in aller Kürze.

»Alle sind in der Shoah gestorben.« Ich versuchte es weiter.

»Ja«, sagte sie.

Sie wurde nicht zornig, sie schrie nicht und sie schwieg auch nicht.

So kannte ich sie nicht, und plötzlich wusste ich nicht mehr, was ich fragen sollte.

Ich nahm meinen Mut zusammen. »War mein Vater auch in der Shoah?«

Diesmal schwieg sie.

»Wo ist er jetzt?« Ich ließ nicht locker.

»Weit weg«, sagte sie in eisigem Ton.

Ich sah, wie sie die Lippen zusammenpresste, um mir zu bedeuten, dass das Gespräch zu Ende war. Sie stand auf, ging in die Küche, nahm Tomaten, Gurken und Paprika aus dem Kühlschrank und hackte sie mit einem großen, scharfen Messer klein.

»In Amerika?« Ich machte noch einen verzweifelten Versuch.

Schweigen breitete sich in der Wohnung aus. Nur noch das Geräusch, mit dem das Messer auf das Brett schlug, war zu hören. Die Mutter, die ich kannte, war zurückgekehrt.

Plötzlich platzte Dorit bei uns herein. Sie hatte ihren Bärchenpyjama an, in der Hand hielt sie eine Tüte mit Anziehsachen.

»Meine Mutter ist im Badezimmer«, schrie sie und rannte zu unserer Toilette.

Ich wusste, dass meine Mutter jetzt das Messer auf die Anrichte legen würde, ich wusste, dass Dorit nie das Aufschlagen des Messers auf dem Hackbrett hören würde, auch nicht das Schweigen.

Meine Mutter hörte tatsächlich sofort auf, das Gemüse zu hacken, stellte noch einen Teller und eine Tasse auf den Frühstückstisch und machte sich daran, belegte Brote für das Sommercamp zu schmieren.

»Wenn sie schon wissen, dass es eine Shoah gegeben hat, dann verstehen sie auch, warum man essen muss«, sagte sie zu sich selbst. Zwischen die Brotscheiben packte sie eine dicke Schicht von Wurst-, Käse-, Tomaten- und Eierscheiben, dazu kleingehackte Paprika.

»Wenn schon, denn schon, wie man bei euch hier sagt«, sagte sie, als sie uns ihre üppig belegten, in Pergamentpapier gewickelten Brote reichte. Mit einem kleinen Lächeln fügte sie hinzu: »Möget ihr nie Hunger leiden.«

Erst als Dorit und ich die Wohnung verlassen hatten, atmete ich erleichtert auf.

Jener Tag ist mir tief ins Gedächtnis gegraben. Dorit war sauer, sie war irgendwie anders, benahm sich besonders seltsam. Den ganzen Vormittag lang schwieg sie und zeichnete nur den Ameisenbau auf eine Seite ihres Heftes, zeichnete und radierte und zeichnete, bis sie alle Höhlen und Windungen hinbekommen hatte.

»Ist was passiert?«, fragte ich.

Dorit ignorierte meine Frage, sie verlangte von mir, ich solle die Ameisen zählen, und betonte, es sei wichtig zu wissen, wie viele Ameisen in unserem Bau wohnten. »Wie man es auch bei Volkszählungen macht«, sagte sie.

Irgendetwas muss passiert sein, dachte ich, ich hörte ihr nicht wirklich zu, und erst recht zählte ich keine Ameisen, ich betete nur, dass Bracha auftauchen und mich erretten würde.

»Sag, lebt dein Vater oder ist er tot?«, überfiel mich Bracha, als sie endlich auftauchte.

»Ich weiß es nicht«, stammelte ich.

~

»Ich weiß es wirklich nicht«, stammelte ich auch jetzt, im Auto. Niemals hatte mir irgendjemand gesagt, wohin er gefahren war und warum, und auch über seinen Tod hatte niemand je ein Wort zu mir gesagt.

Es gab ihn einfach nicht.

Der Stau vor der Ampel wurde länger. Einige Autofahrer verloren die Geduld und begannen zu hupen.

~

»Und du – weißt du etwas über ihren Vater?«, wandte sich Bracha an Dorit.

Dorit wusste etwas, da war ich mir sicher. Ich zitterte, ich hatte Angst vor der Antwort.

»Du weißt doch alles, was fragst du mich dann?«, fuhr Dorit Bracha wütend an.

»Frag doch deine Mutter«, forderte Bracha mich auf. »Vielleicht war er ja ein Kapo?«

»Ein Kapo?« Ich wurde blass.

»Du musst sie fragen. Das geht doch nicht, dass du nicht

weißt, wer dein Vater ist«, drängte mich Bracha, als wäre es eine Frage des Prinzips.

»Sie hat noch keine Periode bekommen«, kam Dorit mir zu Hilfe.

»Komm, lass uns vor ihr weglaufen«, flüsterte ich. Diese Idee gefiel Dorit. Wir nahmen uns an den Händen, rannten bis zum Ende der Allee und versteckten uns in einem Hauseingang.

Ein herbeigerufener Polizist dirigierte mit Handbewegungen die Autos weiter, die an der Ampel feststeckten. Ich warf noch einen Blick auf die Häuser und auf die Allee, bevor ich in die Schnellstraße einbog, die mich zu meiner Wohnung bringen würde, weit weg von dem Grauen der Erinnerungen.

Zu Hause angekommen, machte ich mir einen Kaffee, dann setzte ich mich an den Computer. Ich legte einen neuen Dateiordner an. Bis Ende Mai sollte ich meinem Verlag das Exposé meines neuen Buchs schicken. Meine Gedanken ließen mir keine Ruhe, sie kreisten wie gebannt um jenen Sommer.

Kein Kapo – ein Partisan! Ich erinnerte mich, dass Golda gesagt hatte, Brachas Onkel sei Partisan gewesen, ich hatte gehört, wie sie erzählte, er sei ein mutiger Kämpfer gewesen. Mein Vater war ein Partisan, sagte ich mir, um meinen inneren Aufruhr zu besänftigen. Ich sah ihn vor mir, groß und stark, er war nicht allein, mit ihm zusammen sah ich eine Gruppe

Männer, die mit Stöcken und Äxten gegen die Deutschen kämpften und sie besiegten.

Ich spähte aus dem Hauseingang, in dem Dorit und ich uns versteckten, hinaus auf die Straße. Ich hatte Angst, Bracha könnte zurückkommen.

»Über Tote darf man nicht sprechen, das steht bestimmt schon in der Bibel.« Dorit kam von meinen Toten nicht los. Und dann versuchte sie auch noch, eine Theorie auf meine Kosten zu entwickeln. »Vielleicht darf man nur mit Kindern nicht über Tote sprechen. Aber die Erwachsenen wissen bestimmt alles. Ich werde meine Mutter fragen.«

»Und frag auch Fejge!« Mir lag vor allem daran, sie zum Schweigen zu bringen.

»Warum Fejge?« Dorit wurde rot.

»Weil deine Mutter und Fejge sich immer widersprechen.« Es tat mir gut, sie in Verlegenheit gebracht zu haben.

»Und frag Fejge zuerst«, stichelte ich.

»Du weißt, dass ich manchmal bei Fejge und Wladek schlafe, dass ich zwei Zuhause habe, zwei Zimmer, zwei Väter und zwei Mütter.« Sie zahlte es mir doppelt heim.

Ein Erstickungsgefühl breitete sich in mir aus, der Atem blieb mir im Hals stecken, meine Lungen pfiffen wie bei einem Alarm.

Wenn doch nur mein Vater endlich sterben und meine Mutter es allen sagen würde, wünschte ich mir. Dann würden es alle wissen und niemand würde mich mehr drangsalieren.

Ich holte den Inhalator heraus. Plötzlich kam von anderer Seite Rettung. Von nebenan war das Klirren zerbrechenden Glases zu hören, noch einmal, immer wieder.

»Poschibuzki!«, riefen Dorit und ich aufgeregt.

Wir spähten hinaus und sahen Chajim Poschibuzki, den

Glaser, der eine Hacke schwang und Glasscheiben zer-
schlug.

»Poschibuzki!«, rief ich noch einmal und steckte den Inhalator wieder in die Tasche.

Dorit und ich rannten hinüber zum tobenden Herrn Poschibuzki. Zu seinen Füßen sahen wir Bracha auf dem Rasen
kauern, so krötenartig, wie sie es oft tat, beide Hände zum
Schutz über den Kopf gelegt. Wir sahen auch Glasscherben
durch die Luft fliegen, glitzernd im Licht der Mittagssonne,
und hörten sie mit einem scharfen, Schauder erregenden
Klirren auf den Boden fallen.

Dorit und ich beobachteten, zusammen mit all den anderen, sich langweilenden Kindern des Viertels, Herrn Poschibuzkis Auftritt. Golda, seine Frau, beugte sich schützend über
ihre Bracha.

Ich starrte Brachas tobenden Vater an und dachte plötzlich,
dass vielleicht auch mein Vater, genau wie Chajim Poschibuzki, der Glaser, weder Partisan noch Kapo war, sondern
einfach nur verrückt.

Vielleicht hatte meine Mutter recht, dass sie überhaupt
nichts von ihm erzählte.

»Kröte, Kröte, qua-qua-qua«, rief Ofer Silberman, der Problematische, der immer alle ärgerte. »Kröte, Kröte, qua-qua-
qua!« Die anderen Kinder stimmten vergnügt ein, und auch
ich sang mit der ganzen Horde: »Qua-qua-qua! Brachas Vater
ist gaga!«

~

Ich saß, tief in Gedanken versunken, vor dem Computer. Plötzlich schoss mir durch den Kopf: Vielleicht schreibe ich über meinen Vater? Und sofort verspottete ich mich selbst: Was willst du denn schreiben? Ein Buch wird das nicht werden, das reicht noch nicht mal für einen Absatz. Man sagt, Jakob Roża sei mein Vater und dann gestorben, fasste ich in einem Satz alles zusammen, was ich von ihm wusste.

In diesem Moment stand mein Mann in der Tür. »Was hältst du von einem Abend ohne Shoah?«, fragte er und winkte mit einer DVD.

»Ein Actionfilm«, versprach er.

Erleichtert schaltete ich den Computer aus.

2

Zwei Tage danach, um die Mittagszeit, hatte ich Bracha zu Hause am Telefon.

»Wie ich versprochen habe«, verkündete sie mir begeistert, »ich habe eine Überraschung für dich.« Sie schickte mich zu meinem Faxgerät.

»Von Auschwitz wurde ich in das Arbeitslager Skarżysko-Kamienna geschickt, dort mussten die Gefangenen Handgranaten säubern und füllen. Ich kam 1944 dorthin«, las Bracha mir den Bericht vor, den sie mir gerade auch gefaxt hatte.

»Dort im Lager befahl der Deutsche und der Pole prügelte, und ein Gefangener war des anderen Gefangenen Feind. Tagsüber füllte ich Handgranaten mit TNT, nachts musste ich die Gefangenen begraben, die an TNT-Vergiftung oder an Erschöpfung gestorben waren.« Brachas Stimme klang getragen und feierlich, als stünde sie während einer Gedenkzeremonie am Tag der Shoah vor einem Mikrophon.

Während Brachas sägende Stimme noch aus dem Telefonhörer drang, kam mir plötzlich der Mohnkuchen in den Sinn. Ich konnte ihr nicht zuhören und schaffte es auch nicht, das Gespräch zu beenden. Ich zog eines meiner vielen Kochbücher aus dem Regal und blätterte darin.

»Manchmal musste ich nach einer Explosion die verstreuten Gliedmaßen der Menschen zusammensuchen, und dann, mit ihrem Blut und mit meinem Blut an den Händen, fuhr ich fort, Handgranaten zu füllen. Es war die Hölle. Am Ende des Kriegs war ich in einem anderen Lager, bei Leipzig. Von dort wurden wir auf einen Todesmarsch geschickt. Ich war barfuß, meine Füße erfroren im Schnee. Ich ging langsam, ich hoffte, sie würden mich umbringen, ich wollte sterben. Aber das Schicksal wollte es anders. Ich erreichte Buchenwald, dort verlor ich das Bewusstsein. Erst warf man mich auf den Leichenberg, aber ein amerikanischer Soldat hatte den Verdacht, dass ich noch atmete, und schob meinen Körper in eine Ambulanz. Einige Tage nach Kriegsende kam ich wieder zu mir und musste feststellen, ich war noch am Leben, zu meinem Bedauern.«

In meinem Kopf hallte auch das Klappern der Schreibmaschine des starren und fremden Beamten wider, der den Bericht meiner Mutter aufgenommen hatte.

»Das war ein grauenvolles Lager, es gibt fast keine Überlebenden von dort. Die Menschen starben an Gift, andere starben, wenn kaputte Granaten explodierten. Wer am Leben blieb, musste die Leichenteile der Soldaten und der Gefangenen einsammeln, die überall verstreut waren …«

Ich wusste, Bracha würde bis zum Ende dieses Berichts keine Ruhepause einlegen.

Ich schloss die Augen und hörte weg, schuf mir selbst Ruhe, und in der Stille, die jetzt um mich war, sah ich meine Mutter vor mir, wie sie in ihrem Bett gelegen hatte, mit herunterhängenden Armen, sie atmete langsam, kein Ruf, kein Lärm erreichte sie, sie war versunken in eine Welt, in der es keine Albträume mehr gab.

Sie war noch am Leben. Zu ihrem Bedauern.

Ich erinnerte mich auch, wie sie immer gefleht hatte: »Dr. Wollmann, bitte, bitte, geben Sie mir etwas, damit ich schlafen kann.« Nachts, in der Dunkelheit, starb sie dann, wie sie es gewollt hatte, starb für ein paar Stunden.

»Also, was sagst du?« Brachas Stimme bohrte sich wieder in mein Ohr. »Was sagst du, wie bin ich, nun? Du hast wirklich Glück gehabt, dass ich ganz unten auf diesem Bericht ihre Unterschrift entdeckt habe: Helena Hochdorf, Warschau«, jubelte sie. »Und das ist noch nicht alles«, sagte sie voller Begeisterung. »In Yad Vashem habe ich auch die Namen von neunhunderteinundachtzig Verwandten gefunden, aus der Familie deines Vaters, die alle umkamen, wirklich alle. Ich habe dir die Liste schon gefaxt.«

»In der Tat eine erfreuliche Nachricht«, antwortete ich.

Schon seit Jahren hatte ich keinen Mohnkuchen mehr gebacken. Das Blättern im Kochbuch entspannte mich, mein Blick streifte über die Fettflecken und die Spuren von Schokolade und Marmelade auf den Seiten meines ersten Backbuchs und blieb an einem unpassenden Rezept hängen: Hefeschnecken mit Mohn.

»Und vergiss nicht, dass meine Mutter dich wirklich erwartet«, schrie Bracha aus dem Hörer, den ich zwischen Ohr und Schulter geklemmt hielt.

»Ich weiß.«

»Nun, wann kommst du?«

»Wenn sich eine Gelegenheit ergibt.«

»Du hättest wenigstens sagen können, dass du bald kommst«, sagte sie und legte enttäuscht auf.

Als sie das Gespräch beendete, blätterte ich bereits das dritte Buch mit Backrezepten durch.

Das bunte Foto eines Mohnkuchens mit Äpfeln lockte mich. Ich begann die Zutaten zusammenzusuchen: 150 Gramm Margarine, 3 Eier, 1 Tasse Zucker, 1 Tasse Milch, 1 Esslöffel Brandy ... – und stellte fest, dass ich keinen Brandy hatte. Morgen werde ich Brandy kaufen, sagte ich mir, und kehrte an meinen Schreibtisch zurück.

Im Fax auf dem Tisch erwarteten mich Brachas Überraschungen. Neunhunderteinundachtzig Verwandte.

Mein Blick glitt über die Namen. Die Familie meines Vaters, so stellte sich heraus, war groß an Zahl gewesen.

Ich las einen Namen nach dem anderen, sie sagten mir nichts, ich kannte keinen von ihnen.

Müdigkeit überfiel mich. Ich nahm die Blätter und legte sie in die Schublade mit den Dokumenten, die ich nach dem Tod meiner Mutter aus ihrer Wohnung mitgenommen hatte. »Ruht in Frieden«, sagte ich. Modergeruch stieg aus der Schublade auf.

»Ich hinterlasse dir kein Erbe.« Das Versprechen meiner Mutter kam mir in Erinnerung. »Was haben Juden schon zu vererben? Nur Sorgen und Hämorrhoiden.«

Die modrige Schublade war randvoll mit Papieren: Zettel, Dokumente und bunte Ansichtskarten. Ich erinnerte mich, dass meine Mutter immer auf diese Karten gewartet und sie stundenlang betrachtet hatte. Sie las einen oder zwei Sätze, die jemand ihr auf Polnisch geschrieben hatte, sank in sich zusammen, murmelte manchmal etwas vor sich hin und versteckte die Karten dann im Kleiderschrank, zwischen der Bettwäsche.

In der Schublade waren auch die Laborberichte und

die Röntgenaufnahmen, die sie ebenfalls vor mir versteckt hatte, sowie Grundsteuer-, Wasser- und Telefonrechnungen, die mit den Jahren verblasst waren. Hier lagen die Geheimnisse, die meine Mutter für immer und ewig hatte bewahren wollen.

Meine Hände zitterten wie damals, als ich heimlich in ihrer Tasche gewühlt hatte, auf der Suche nach etwas, mit dessen Hilfe ich den Geheimnissen auf die Spur kommen könnte.

Einen Moment lang ergriff mich wieder die Furcht, die mich damals erfüllt hatte, das Gefühl, meine Mutter könnte mich, obwohl sie tot war, dabei erwischen, wie ich in verbotenen Papieren wühlte. Wann immer meine Hand diese Schublade berührte, hatte ich das Gefühl, ihren Blick in meinem Rücken zu spüren.

Seit Jahren moderten die Papiere in der Schublade vor sich hin, ihrem Schicksal überlassen. Sollen sie doch vermodern, sollen sie doch verschwinden, wie sie es immer gewollt hatte, dachte ich, ein altbekannter Zorn packte mich.

Doch vielleicht, fiel mir plötzlich ein, ist hier auch das Rezept für den Mohnkuchen meiner Mutter. Nach Jahren hatte ich wieder Lust zu backen, deshalb blätterte ich zum ersten Mal alles in der Schublade durch, drehte ein Blatt nach dem anderen um, bis ich auf ein sorgfältig zusammengefaltetes Stück Papier stieß. Das Mohnkuchenrezept? Ich faltete es auseinander.

12. 10. 1952

Hiermit bestätigen wir, dass das Paar Jakob Roża und Helena Hochdorf bei uns zur Eheschließung registriert wurde.

Helena, Tochter von David Hochdorf, geboren in Polen im Jahr 1920.

Jakob, Sohn von Mosche Roża, geboren in Polen im Jahr 1918.
Unterschrift: Rabbiner Gross, Rabbinat Givatajim.
Zeugen: Schmulik Rosenfeld, Wladek Friman.

Ich legte das Blatt in die Schublade zurück und wühlte weiter, ich wollte unbedingt das Originalrezept finden.

»Das ist immerhin ein Kuchen für Beerdigungen«, hörte ich meine Mutter lachend sagen, wenn wir uns bemühten, den harten Kuchen in Scheiben zu schneiden.

»Tuberkulose« las ich jetzt auf einem ärztlichen Attest, mit dem Briefkopf Dr. Wollmanns, aber es gelang mir nicht, seine Handschrift zu entziffern.

»Der Zustand hat sich verschlechtert …«, hörte ich Dr. Wollmann wieder sagen. »Tuberkulose ist eine Krankheit mit trügerischem Verlauf, das wissen Sie …«

Wieder war ich in dem alten Kampf gefangen – meine Mutter wollte verbergen, ich wollte aufdecken.

~

Ich war vom Kindergarten zurückgekommen. Auf dem ganzen Weg hatte ich meinen Brummteddy an mich gedrückt, den ich so liebte. Als ich zu Hause ankam, war da auch Dr. Wollmann. Er stand mit meiner Mutter in der Küche, er habe ihr etwas Wichtiges mitzuteilen, sagte er. Ich wollte zuhören, aber genau in diesem Moment gab der Teddy einen Ton von sich.

Meine Mutter schickte mich und den Teddy hinaus. Ich rührte mich nicht von der Stelle. Sie schob mich zur Tür, ich stemmte meine Füße auf den Boden und warf den Teddy in die Ecke. Seine Glasaugen sprangen ab. Dr. Wollmann versuchte mich zu beruhigen, er versprach, er würde meinen Teddy mit in die Praxis nehmen und ihn behandeln. Ich schämte mich zu sagen, ich wisse doch, dass er kein Puppendoktor sei, ich sei schließlich kein Baby mehr. Ich lief weg und schloss mich in meinem Zimmer ein. Ich legte das Ohr an das Schlüsselloch, konnte aber nichts hören.

Ich nahm Sahava, meine Stoffpuppe, und ging wieder in die Küche.

»Geh zurück in dein Zimmer«, befahl mir meine Mutter.

»Aber Sahava will hier sein«, beharrte ich.

Meine Mutter schob mich wieder hinaus und schloss die Tür.

»Sie bringt mich noch um«, beklagte sie sich bei Dr. Wollmann.

»Ich gehe zu Dorit«, drohte ich und trat gegen die Tür.

Die Glasfüllung zerbrach. Ich fing an zu weinen.

Dr. Wollmann kam und untersuchte meinen Fuß, mit dem ich gegen die Tür getreten hatte. »Alles in Ordnung«, sagte er, »es ist nichts passiert.« Er streichelte mir über den Kopf, ging zurück in die Küche und unterhielt sich weiter mit meiner Mutter.

Ich setzte mich auf den Boden, starrte durch das Loch im Glas und lauschte.

»Schsch«, sagte meine Mutter zu Dr. Wollmann, »das Kind kann uns hören.« Sie warf ihm einen warnenden Blick zu.

Sie unterhielten sich flüsternd weiter. Ich konnte nichts mehr verstehen, aber ich zitterte am ganzen Körper.

»Muss Papa sterben?«, fragte ich meine Mutter, nachdem Dr. Wollmann gegangen war.

»Natürlich, alle müssen am Ende sterben«, antwortete sie.

Sie blieb in der Küche, schälte eine Zwiebel und hackte sie klein. Sie wandte mir den Rücken zu, ganz und gar auf das Zerhacken der Zwiebel konzentriert, stand sie in der Ecke zwischen Spülbecken und Anrichte, in ein lang dauerndes zorniges Schweigen gehüllt.

~

»Beschäftige dich nicht mit den Toten«, rief ich mir wieder in Erinnerung, was meine Mutter mir befohlen hatte.

Ich schob die Schublade zu und kehrte an den Computer zurück.

»Aber ich will es wissen«, sagte ich plötzlich zu ihr. Die Worte kamen wie von selbst aus meinem Mund.

Ich starrte auf den Bildschirm, versuchte meinen Seelenfrieden wiederzufinden und summte ein Lied vor mich hin.

»Hör auf, so falsch zu singen«, rief mein Mann aus der Küche.

~

»Verlass das Klassenzimmer.« Von allen Kindern war ich die Einzige, die vom Musiklehrer aus dem Flötenunterricht geschickt wurde.

»Sie spielt nicht im Takt«, sagte er zu meiner Mutter, die in die Schule bestellt worden war.

»Na und?«, entgegnete meine Mutter. »Jeder hat sein eigenes *Maos Zur**.«

Der Lehrer verstand es nicht, ebenso wenig wie ich.

* Chanukkalied; »Festung, Fels [meiner Rettung]«.

»Ich kann so nicht unterrichten«, sagte er zornig.

Meine Mutter warf ihm einen hochmütigen Blick zu.

»Mögen Sie sich ein langes Leben verdienen«, sagte sie höflich und beendete damit die Unterredung. Dann nahm sie mich am Arm und führte mich hinaus. Ich war bestürzt.

»Warum hast du ihm ein langes Leben gewünscht?«, fragte ich wütend.

»Damit er noch sieht, wie erfolgreich du sein wirst, und sich die Zähne daran ausbeißen kann, bis er alt und grau ist, bis hundertzwanzig«, antwortete sie mit einem Lächeln, und bei dieser Gelegenheit versprach sie mir, sie würde meine Flötenlehrerin werden.

Am nächsten Tag fing sie an, Flötenspielen zu lernen.

»Das ist gar nicht so schwer«, tröstete sie mich, als sie sich daranmachte, mich zu unterrichten. »Du wirst vermutlich keine große Flötistin werden«, musste sie einräumen, »aber wenn du es willst, kannst du eine berühmte Komponistin sein.«

Sie versprach mir eine tröstliche Zukunft.

»Ich singe nicht falsch, ich komponiere«, rief ich von meinem Arbeitszimmer aus meinem Mann zu.

»Schreib lieber«, war sein großzügiger Gegenvorschlag.

»Aber mir sind die Worte geflohen«, sagte ich und fuhr fort zu summen, bis mein Hals trocken war. Erst dann verstummte ich und ging in die Küche, um mir ein Glas Wasser zu holen. Dort saß mein Mann, vertieft in den Wirtschaftsteil der Zeitung.

»Ich hätte für mein Leben gern einen Kaffee«, sagte er, schnell die Gelegenheit nutzend.

»Das Leben erfüllt einem nicht jeden Wunsch«, antwortete ich.

Er schaute über den Rand der Zeitung. »Also wirklich …«

»Was für einen Kaffee?«, fragte ich.

»Das fragst du noch? Nach dreißig Jahren?«

»Klar«, antwortete ich. »Wie kann ich es wissen? Vielleicht ist es heute anders.«

Wir lachten. Er blieb in der Küche, mit dem Kaffee und der Zeitung, ich ging mit einem Glas Wasser zum leeren Bildschirm zurück.

~

»Viele Intellektuelle und Künstler erkrankten an Tuberkulose, die Dichterin Rachel hatte Tuberkulose und auch Scholem Alejchem, Tschechow, Orwell«, hatte Ruthi, die Lehrerin für Literatur, uns erklärt. Was hätte ich mir Besseres wünschen können! Ich feierte die Entdeckung. Mein Vater war kein Kapo und auch nicht verrückt, mein Vater war ein Intellektueller. Ein neuer Vater nach meinem Herzen!

»Mein Vater hat Tuberkulose«, flüsterte ich Chajale zu, die neben mir saß.

Chajale wurde rot, und Ruthi, die Lehrerin, warf uns einen erstaunten Blick zu. »Ist was?«, fragte sie mich.

Ich senkte den Blick, erfüllt von Freude.

»Ich sehe dir an, dass du Literatur liebst«, sagte die Lehrerin zu mir, vor allen in der Klasse.

Beim Elternabend sagte Ruthi zu meiner Mutter: »Ihre Tochter hat in der letzten Stunde geglänzt«, und dann gab sie ihr die Liste der empfohlenen Bücher für interessierte Schüler.

Meine Mutter kaufte mir den *Zauberberg*. Sie kam die Treppe zu unserer Wohnung herauf, die beiden Bände an sich gedrückt, die in buntes Geschenkpapier eingewickelt und mit einem Band zusammengebunden waren.

Mama, hattest du mir einen Hinweis geben wollen?, fuhr es mir jetzt plötzlich durch den Kopf. Wolltest du mir eine geheime Botschaft zukommen lassen? Oder hast du nur einfach Literatur geliebt?

Damals las ich gierig jedes Wort, jeden Satz, jeden Absatz. Ich sah meinen Vater in einem kalten Bett liegen, in einem gestreiften Pyjama, und eine Krankenschwester, die sich schweigend über ihn beugt und ein weißes Laken über sein stummes Gesicht zieht.

»Mama, hat mein Vater Tuberkulose?«, fragte ich, nachdem ich alle Krankheitssymptome gesammelt hatte.

Meine Mutter hob den Blick zur Zimmerdecke. »Herr, der du uns auserwählt hast, was willst du von mir?«

Mein Vater ist beides, ein Intellektueller und ein Partisan, sagte ich mir, und er hat im Unabhängigkeitskrieg gekämpft. Ich spielte alle Trümpfe auf einmal aus.

Das Telefon klingelte. »Nun, was sagst du, wie bin ich? So ist Bracha, man bittet mich um etwas und schon finde ich es. Frag Chajale Fink, frag auch Sabusch Koslowski, erinnerst du dich an ihn? Weißt du noch, wie seine Mutter in jeder Pause mit Karottensaft angekommen ist? Sabusch war bestimmt wegen ihrer Karotten ein Rotschopf.« Sie kicherte über ihren

Witz. »Und du erinnerst dich doch bestimmt noch an Siva Sablodowitsch. Das war dieses Flittchen, das mich nie zu ihren Partys eingeladen hat, sie hat mit Itzik rumgemacht, Dorits Bruder, sie hat ihm ihre Titten gezeigt, noch bevor sie welche hatte! Heute lebt sie in Amerika. Und sogar sie will mich plötzlich treffen. Am Ende landen alle bei mir. Schön, dass du mich ebenfalls angerufen hast. Also, jetzt sag, was willst du noch wissen?«

Fast hätte sie mich überzeugt, dass ich es war, die bei ihr angerufen hatte.

»Danke, dass ich dich angerufen habe«, sagte ich, aber Bracha hörte, wie üblich, überhaupt nicht zu.

»Du wirst es nicht glauben, aber sogar Silberman, der Problematische, der, der dich immer Dein-Vater-ist-tot genannt hat und mich Kröte, sogar er hört nicht auf, mich anzurufen.«

~

»Dein-Vater-ist-tot!«, hatte Ofer am Ende jenes Sommers geschrien, zu Beginn der vierten Klasse.

»Mein Vater ist im Unabhängigkeitskrieg gefallen, er ist beim Kampf um den Weg ins belagerte Jerusalem gefallen!«

Ich hatte den Tod meines Vaters aufgewertet, ich hatte mir einen Helden als Vater erfunden, einen, der den ganzen Geleitzug gerettet hatte, der ins belagerte Jerusalem hinaufgezogen war. Ich dachte, alle würden neidisch sein.

»Alisa ist fünf Jahre nach dem Tod ihres Vaters auf die Welt gekommen«, spottete Ofer vergnügt. »Ihr Vater ist 1948 gefallen, und sie ist 1953 geboren.« Er kugelte sich vor Lachen und mit ihm lachten alle anderen Kinder der Klasse.

Meine Mutter zog aus, mich zu verteidigen. Ich wusste nicht, wie sie es erfahren hatte, aber sie rannte aus dem Haus, ich hinter ihr her, und stürmte zu Silbermans.

»Oferke«, rief sie und ihre Augen bohrten sich in ihn wie Nägel in Holz. Der entsetzte Ofer begriff, dass er sich mit meiner Mutter angelegt hatte. Er sprang aus dem Fenster in den Hof und floh von dort auf die Straße.

Frau Silberman hatte in der Küche den Lärm gehört und kam ins Zimmer.

»Was kann ich machen?« Ihre Lippen zitterten, auch sie war erschrocken beim Anblick meiner Mutter. »Ich entschuldige mich. Das ist es, was ich bekommen habe, *a schwarz kind, a wilde chaje**.*« Sie strich mir mit ihrer zitternden Hand über den Kopf. »*Woss ken ich machn?*«, fragte sie meine Mutter ehrfürchtig, bat um Erbarmen für den schwarzen, wilden Jungen, den ihr der Staat Israel zur Adoption zugeteilt hatte.

»Gib ihn zurück«, schlug meine Mutter vor.

Wir gingen, und auf dem ganzen Heimweg war zwischen uns nichts als der Widerhall unserer Schritte.

Mitten in der Nacht machte ich mich über alle Fotoalben her, die wir im Haus hatten.

Ich durchwühlte die Regale und Schränke auf der Suche nach einem versteckten Beweis für meine Geburt. Ich schlich mich ins Zimmer meiner Mutter und nahm ihre Ledertasche, fand aber nur Schokolade darin, Bonbons, ein Stück Brot und einen Zettel mit den Telefonnummern des Notrufs, der Polizei und der Feuerwehr.

---

* Jidd.: wildes Tier.

»Was suchst du eigentlich?«, fragte meine Mutter. Sie war von den Geräuschen aufgewacht.

»Ein Foto von dir, als du schwanger warst«, stammelte ich.

»Es gibt keins«, antwortete sie.

Stotternd brachte ich den neuen Albtraum meines Lebens heraus. »Ich bin also auch adoptiert?«

»Bist du jetzt völlig übergeschnappt?« Meine Mutter wurde wütend.

Ich ging in mein Zimmer zurück. Sie folgte mir und sammelte flink alle herumliegenden Fotos zusammen. »Ich hätte kein Mädchen von irgendjemand anderem genommen«, wehrte sie das, was ich fürchtete, ab. »Am Ende hätte ich auch so *a wilde chaje* wie Ofer bekommen.«

»Warum hast du dann kein einziges Foto, auf dem du schwanger bist?«, fragte ich sie, während sie die Alben wieder an ihren Platz räumte.

»Was, bin ich Greta Garbo?« Sie kicherte. »Die hat Zeit, sich fotografieren zu lassen.« Sie schloss die Schranktüren mit dem Schlüssel ab. »Und jetzt geh schlafen«, befahl sie mir, machte das Licht aus, ging aus dem Zimmer und überließ mich meinen Phantasien.

Ich machte das Licht wieder an, stellte mich vor den Spiegel und verglich mein Aussehen mit ihrem, die Nase, die Augen, die Lippen, die Größe, die Füße, die Hände.

Sehe ich ihr ähnlich? fragte ich den Spiegel.

Ich bin dunkler als sie, beantwortete ich meine Frage. Meine Augen sind brauner als ihre. Meine Haare sind dunkel und lockig. Man hatte ihr ein schwarzes Mädchen gegeben, folgerte ich. Auch ich bin, genau wie Ofer, *a wilde chaje, a schwarz kind*. Ich erschauerte. Jetzt wusste ich es. Deshalb antwortete mir keiner auf meine Fragen.

»Dein-Vater-ist-tot … Dein-Vater-ist-tot! Dein-Vater-ist-tot!«, schrie Ofer auch am nächsten Tag. Nachdem der Unterricht vorbei war, bahnte ich mir einen Weg durch die johlenden Kinder und rannte nach Hause. »Dein-Vater-ist-tot!«, schrien sie mir im Chor hinterher. Ich kam völlig atemlos zu Hause an.

»Mama, stimmt es, dass mein Vater tot ist?«, fragte ich.

Meine Mutter blieb wie elektrisiert zwischen Spülbecken und Anrichte stehen. »Wer hat das gesagt?«, fragte sie. Ihre Hände zerquetschten Kartoffeln zu Püree.

»Ofer Silberman!«, antwortete ich wütend.

»Dann hat er es eben gesagt.« Meine Mutter warf mir einen unbewegten Blick zu.

»Dann ist er also tot?«, fragte ich erschrocken.

Meine Mutter antwortete mir nicht. Sie stellte Schnitzel, Püree und Salat auf den Tisch und erinnerte mich daran, dass man beim Essen nicht spricht.

Sie kreiste durch die Wohnung, und die Heftigkeit, mit der ihre Absätze auf den Boden knallten, zeigte mir, dass sie auf Hochtouren kam.

Ich brachte nichts runter, weder das Schnitzel noch das Püree.

Meine Mutter gab angesichts meines langsamen Esstempos auf.

»Ich bin gleich wieder da«, sagte sie und verließ das Haus.

Ich warf das Essen in den Mülleimer und rannte ihr nach.

Sie marschierte wieder zu den Silbermans. Ich blieb draußen stehen und spähte durchs Fenster in Ofers Zimmer.

»Oferke, entschuldige, dass ich dich störe«, begann meine Mutter höflich, »ich habe gehört, dass du weißt, wo Jakobs Grab ist.« Dann packte sie den Verkünder der Nachricht, der es diesmal nicht geschafft hatte, zu entkommen, am Arm. »Komm, wir gehen zum Friedhof. Ich werde sehr froh sein, wenn du mir zeigst, wo er begraben ist.«

Frau Silberman tauchte im Zimmer auf.

»Ofer geht mit mir zum Friedhof«, informierte meine Mutter sie.

»Wohin? Warum?«, stotterte Frau Silberman.

»Wir werden Jakob treffen«, erklärte meine Mutter.

»*Meschugene* ...«, murmelte Ofers Mutter, und als sie mein Gesicht vor dem Fenster entdeckte, warf sie mir einen mitleidigen Blick zu.

Als ich am nächsten Morgen zur Schule kam, hatte Ofer bereits allen Kindern mitgeteilt, dass mein Vater tot und meine Mutter verrückt sei. Ich kämpfte mit den Tränen. In der Pause wollte Dorit wissen, was eigentlich passiert war.

»Meine Mutter ist nicht verrückt«, sagte ich verteidigend.

Über meinen Vater schwieg ich. Und Dorit stellte keine weiteren Fragen.

Als ich an diesem Tag von der Schule nach Hause kam, hing an meiner Zimmerwand meine Geburtsurkunde, in einem vergoldeten Rahmen.

Ich war als Tochter von Helena und Jakob Roża geboren worden, im Krankenhaus Beilinson in Petach Tikwa, und wog dreieinhalb Kilo. Ich las die Details. Datum, Ort, Geburtsstunde und sogar den Namen der Hebamme.

»Das Essen wird kalt«, rief meine Mutter aus der Küche.

»Toll! Nudelauflauf mit Quark, Zucker und Zimt!« Ich war vom Menü des Tages begeistert und aß mit großem Appetit. Meine Mutter saß mir gegenüber und lächelte, ich beklagte mich über die Hausaufgaben, die ich aufbekommen hatte, über die Prüfung in Bibelkunde, und am Schluss fragte ich, ob ich hinausgehen dürfe, um mit Dorit zu spielen.

Meine Mutter war einverstanden. Nur über meine Geburtsurkunde hatte ich kein Wort verloren, als hätte sie seit dem Tag meiner Geburt schon an der Wand über meinem Bett gehangen.

~

Am Tag darauf, am frühen Nachmittag, klingelte unser Telefon. Wieder war es Bracha.

»Sag, hast du Dorit schon besucht?«, erkundigte sie sich. »Alle waren bereits dort, Sabusch, Ofer und sogar ich. Wann wirst du fahren?«

»Morgen«, sagte ich. Ich wollte, dass sie mich in Ruhe ließ.

Aber das tat sie nicht. »Lass mir ein Stück Mohnkuchen übrig«, sagte sie.

»Aber ich habe doch das Rezept gar nicht«, erinnerte ich sie.

»Ich finde es für dich«, versprach mir die Archivleiterin. »Und warum kommst du nicht zu uns?«, schimpfte sie dann. »Meine Mutter erwartet dich, sie kann dir einiges erzählen. Erst gestern hat sie mir gesagt, dass sie bei der Hochzeit deiner Eltern gewesen ist. Das war die erste, die in der Synagoge unseres Viertels gefeiert wurde.«

Ich kehrte zu der Sache mit dem Kuchen zurück. Ich hatte das Rezept für einen Mohnkuchen mit Äpfeln gefunden, ohne Brandy: 6 Eier, getrennt, 2 Tassen Zucker, 150 Gramm weiche Margarine, 2 Esslöffel Mehl, 200 Gramm Mohn, 2 Äpfel,

1 Teelöffel Vanillezucker. Ich mischte die Zutaten, stellte den Kuchen in den Ofen und bald stieg der festliche Backduft mir in die Nase.

~

»Sei du mir angeheiligt mit diesem Ring...« Helena und Jakob stehen verlegen im Hof der Synagoge. Helena in dem hellen Kleid von Itta, auch Jakobs etwas zu großer Anzug ist geliehen. »Wenn ich dich je vergesse...«

Sie betrachten ihre Gäste, Itta und Schmulik Rosenfeld, Fejge und Wladek Friman, Golda und Chajim Poschibuzki, Gitl und Jona Fink; *Alte-sachen*-Mietek und der Synagogendiener, der Vorbeter und natürlich der Rabbiner. Helena und Jakob kennen niemanden, es ist, als wären sie versehentlich auf eine Feier von Fremden geraten.

Sie schließen die Augen und durch das hindurch, was sie umgibt, kommen ihre Eltern zu ihnen, ihre Geschwister, ihre Verwandten und Freunde.

Das frischvermählte Paar betritt die kleine Wohnung. Helena stellt brennende Seelenlichter auf den Tisch, auf dem eine bestickte Decke liegt. Der Ofen verströmt Wärme, der Aluminiumkessel summt auf dem Petroleumkocher.

Draußen stürmt es, der Winter ist in diesem Jahr früh gekommen.

Blitze reißen den Himmel auf.

Jakob krümmt sich. Die Donnerschläge hallen wie Kanonenschläge.

Er fiebert.

Helena gibt ihm ein Schmerzmittel.

Sie lächelt ihn an. Nun ist das große Glück nahe. Die Flitterwochen beginnen.

Sie liegen im Bett, dicht nebeneinander, Jakob ringt nach Luft, jeder Atemzug fällt schwer, die Luft dringt kaum durch seine Nasenlöcher, seine Füße sind kalt, sein Körper zittert, er versucht seinen Husten zu ersticken.

Helenas Gedanken wandern zur Hölle.

So feiern Juden aus Polen, fasste ich das Ereignis zusammen, das ich zu meinem eigenen Erstaunen aus dem Schatz von Geschichten gezogen hatte, die ich mir in meiner Kindheit selbst erzählt hatte. Ich suchte in meiner Erinnerung nach weiteren Geschichten, aber ein verbrannter Geruch aus der Küche ließ mich aufspringen.

»Das *kichl*«, schrie ich.

Der Geruch brachte mir auch den dazugehörigen Geschmack und Ausspruch zurück. »Buchenwald-Delikatessen«, pflegte meine Mutter zu sagen, wenn sie gelassen den Backtopf vom Gas nahm, den verkohlten Klumpen aus ihrem »Wundertopf« holte und dann mit geübter Hand und einem scharfen Messer die angebrannte Schicht abkratzte, um wenigstens das Herzstück zu retten.

»Buchenwald-Delikatessen«, murmelte auch ich jetzt und betrachtete den verkohlten Kuchen, den ich aus dem Backofen geholt hatte.

Mein Mann, der gerade nach Hause kam, fragte, ob ich ein Lagerfeuer in der Küche gemacht hätte.

»Kühl weht der Wind, gebt Holz dem Feuer noch geschwind«, summte er vergnügt.

»Es brennt, Brüder, es brennt, der Mohnkuchen brennt«, hielt ich mit meiner Liedversion für dieses Ereignis dagegen.

Dann stellte ich den Kuchen auf einen Teller und kratzte die verbrannte Schicht ab.

»Was ist das?«, fragte mein Mann belustigt, während er zuschaute, wie ich den Kern des Kuchens herausschälte.

»Das *kichl* meiner Mutter«, sagte ich.

Er lachte. Ich fuhr mit der Kratzerei fort, und manchmal warf ich einen Blick aus dem Küchenfenster auf die Stadt draußen, auf das Leben, das durch ihre Adern floss, ich lauschte dem Hupen der Autos, der Sirene eines Krankenwagens, sah den rauchenden Schornstein des Kraftwerks Reading. Ich gab den Kuchen nicht auf, ich kratzte eine Schicht nach der anderen ab, versuchte zu retten, was zu retten war, bis ich zuletzt gezwungen war, doch den ganzen verkohlten Klumpen in den Mülleimer zu werfen.

Am nächsten Morgen buk ich einen anderen Mohnkuchen, ohne Brandy und ohne Äpfel, und mit diesem Kuchen fuhr ich zu Dorit.

3

Gegen Mittag stand ich vor dem Tor im Emek. Dort wartete Dorit auf mich. Sie stand da, in Jeans, T-Shirt und Sandalen, hochgewachsen und in aufrechter Haltung. Der Zopf hing in seiner ganzen Pracht über ihre Schulter, und auf ihrem Gesicht lag ein Lächeln.

Ich schaute um mich, betrachtete die Oliven-, Zitronen-, Granatapfel- und Feigenbäume, die sich weit erstreckenden Obstplantagen, die Gästezimmer: eine Reihe von sieben Holzhäuschen, von Rasen umgeben, und ich atmete die frische, klare Luft tief ein.

Dorit umarmte mich und schlug vor, wir sollten uns unter den Olivenbaum im Garten setzen. Ich stellte den Mohnkuchen, den ich für sie gebacken hatte, auf den Tisch. Dorit lief in die Küche, um ein Messer und Teller zu holen.

»Worüber unterhält man sich eigentlich während der Schiwa?«, hatte mich Dorit vor vielen Jahren einmal gefragt.

Wir hatten vor Chajales Haus gestanden, nachdem einer ihrer Väter gestorben war, und nicht gewagt, hineinzugehen.

»Man macht ein trauriges Gesicht und schweigt«, hatte ich geantwortet.

»Uff«, sagte sie.

»Es gibt auch Kuchen«, erinnerte ich sie an die guten Seiten einer Schiwa.

»Klar«, erwiderte sie verächtlich, »den Mohnkuchen deiner Mutter. Hoffentlich hat Fejge schon ihre *rogelach* gebracht.«

~

»Du stehst ja eher auf *rogelach*«, sagte ich, als Dorit den Mohnkuchen aufschnitt, den ich mitgebracht hatte. Sie lächelte. Dann schwiegen wir lange. Ich war allmählich schweißbedeckt. Ameisen, dachte ich, diesmal bin ich es, die Ameisen braucht. Einen Moment lang bereute ich, überhaupt gekommen zu sein. Erst als ich die Fotoalben bemerkte, die auf dem Tisch lagen, beruhigte ich mich.

Ich nahm ein Album und blätterte darin. Mein Blick wanderte rasch über die Fotos aus dem Kindergarten, über die Familienfotos, über ihre und meine Erinnerungen. Ich sah Fejge und Itta, die bei der Segnung des Weins am gedeckten Schabbattisch standen und einander sehr ähnlich sahen: das gleiche Lächeln, die gleiche Größe und Körperhaltung, nur dass Fejge einen fuchsigen Blick hatte und Itta einen erschrockenen. Und Itta hatte kleine Brüste, während bei Fejge die ganze Front nur aus Busen bestand.

~

»Wann machst du endlich mal ein Schabbatessen?«, hatte ich meine Mutter jeden Freitag gefragt.

»Wenn du unbedingt willst, vielleicht am Montagabend.« Sie lachte wie über einen guten Witz.

»Dann gehe ich eben zu Dorit«, verkündete ich wütend.

Bei Dorit war der Tisch gedeckt, die Schabbatkerzen brannten und auf dem Herd standen dampfende Töpfe und dufteten festlich.

Schmulik sprach den Segen über den Wein, nahm einen Schluck und brach Stücke von der Challa.

Alle aßen genüsslich das Schabbatbrot, das er verteilte, nur Fejge drückte ihr Stück an die Brust und seufzte. »Oj, was für eine *challe*, was für eine *challe*«, sagte sie laut. »Nie werde ich die Zeit damals im Lager vergessen, den schrecklichen Hunger, und ich war dem Tod nahe …«

»Kannst du nicht endlich mal den Mund halten?«, unterbrach Itta sie wütend. Ein Stückchen Schabbatbrot blieb ihr im Hals stecken, sie wurde rot und bekam einen Hustenkrampf.

Itzik sprang auf, schlug ihr auf den Rücken, schob sie zum Spülbecken. »Mama, spuck die Challa aus«, flehte er.

Schmulik zitterte. »Oj, *gottenju*, sie stirbt, ach, Gott, sie stirbt«, verkündete er Gott und uns.

»Hör mir gut zu!« Fejge versetzte ihm einen Klaps. »Ich werde vor ihr sterben, Wladek wird vor ihr sterben und auch du wirst vor ihr sterben. Ich kenne meine Schwester, eine wie sie nimmt Gott nicht so schnell zu sich, und nur er und ich wissen, warum.«

Zwischen einem Hustenanfall und dem nächsten spuckte Itta Challastückchen aus, ins Spülbecken und auch rundherum auf die Küchenanrichte.

»*A harzlose* bist du«, murmelte sie, als sie wieder Luft bekam.

»Nun, ich hab's dir doch gesagt, sie ist am Leben geblieben«, verkündete Fejge zufrieden, »sie wird leben bis hundertzwanzig.«

»*A gute neschome**«, röchelte Itta und nahm einen Schluck aus dem Glas Wasser, das Itzik ihr hinhielt.

»Frau *hefkerdiker*** macht mir Komplimente.« Fejge schaute uns an, in der Hoffnung, wir würden uns mit ihr gegen ihre Schwester verbünden.

»Sie wird mich noch umbringen«, klagte Itta.

»Also wirklich, du wirst es doch nicht zulassen, dass es uns vergönnt ist, deinen Tod zu beklagen«, antwortete Fejge lachend.

»Gott wird es dir vergelten«, versprach Itta.

Schmulik, Wladek und Itzik aßen *gefilte fisch*, Huhn und Püree, sie schauten nicht von ihren Tellern auf.

Dorit hortete das Essen in ihrem Mund, sie schaffte es noch nicht einmal zu kauen. Ihr Mund voller *gefilte fisch* näherte sich meinem Ohr, sie schlug mir vor, von dem Eisbein zu kosten, das ich nicht ausstehen konnte, und noch ein bisschen Püree zu nehmen. Als Nachtisch versprach sie mir die Doboschtorte ihrer Mutter. Aber ich kam nie dazu, Ittas Doboschtorte zu probieren. Denn jeden Freitagabend, bei jedem Schabbatessen war Doboschtorte das Stichwort für den zweiten Akt.

»Doboschtorte, dass ich nicht lache«, stellte Fejge fest. »Komm«, flüsterte sie Dorit zu, »ich habe dir heute *rogelach* mit Schokolade gebacken.« Sie stand auf, nahm ihre kleine Lacktasche und die Vase mit den Blumen, die sie mitgebracht hatte, und beendete mit diesen Worten die Feier.

Itta legte den Arm um Dorit und forderte sie wortlos auf,

---

* Jidd.: Eine gute Seele.
** Jidd.: zügellose Frau, Schlampe.

sitzen zu bleiben. Wladek, unschlüssig, ob er aufstehen oder sitzen bleiben sollte, flehte Fejge an, doch hierzubleiben, sie solle nicht alles verderben und verwünschen und dem Mädchen den Abend nicht vermasseln.

Aber Fejge schenkte ihm überhaupt keine Beachtung. »Komm«, sagte sie noch einmal zu Dorit, und der Streit ging weiter, mit dem Essen im Mund, dem Zorn in den Augen und dem Jiddisch auf den Lippen.

Ich sah, dass Dorit bald explodieren würde. Ich wusste, sie wartete darauf, dass Chajale dort in ihrem Bordell endlich anfangen würde, Klavier zu spielen. Und dann, als der erste Ton von der Blut-der-Makkabäer-Straße herüberdrang, sprang Dorit mit einem Satz zur Tür, ich hinterher, und gemeinsam flohen wir hinaus auf die Straße, die sich mit den Klängen von Chopins Klavierkonzert Nr. 1 füllte.

Chajale erwartete uns schon in ihrem rosafarbenen Primaballerina-Kostüm. Sie empfing uns freudig, uns zu Ehren ließ sie sogar das Klavierspielen und legte los mit ihrem Schwanentanz.

Jeden Freitagabend derselbe Tanz, und wir schauten ihr zu, bis es Dorit wieder einfiel, dass ihre Mutter ihr eigentlich nicht erlaubte, zu Chajale zu gehen.

»Komm, die Doboschtorte«, befahl sie mir.

»Aber der Tanz ist noch nicht fertig«, fuhr Chajale sie an.

»Dein Tanz ist nie fertig«, sagte Dorit gereizt.

Die beiden fingen an zu streiten und ich lief davon. Ich hoffte, endlich in den Straßen herumstreunen und ausspähen zu können, wie die Schabbatabende bei anderen Leuten aussahen, aber Dorit und Chajale kamen mir hinterher, ohne mit ihrem lauten Streit aufzuhören.

An der Straßenecke hatte sich ihnen Ofer angeschlossen, dann tauchten auch Sabusch und Siva auf. Nach und nach stießen noch andere Kinder zu uns, die vor dem Schabbatessen zu Hause geflohen waren. Am Ende des Abends kamen alle zu mir nach Hause.

»Hier gibt es kein Eisbein und keine *gefilte fisch*«, empfing meine Mutter die Gäste mit einem Lächeln und kümmerte sich um sie. Sie ermahnte Chajale und Dorit, sie sollten aufhören zu streiten, half Sabusch, ein Kreuzworträtsel zu lösen, flüsterte Siva zu, dass Itzik sowieso bald kommen würde, sie solle sich nicht ans Fenster stellen. »Alle werden sehen, dass du auf ihn wartest, er wird dich nicht wollen.«

Anschließend bürstete sie Dorits Haare und flocht ihr mit geschickten Händen Zöpfe, wie ich sie nie haben würde. Ich schaute sehnsüchtig zu, wie ihre Finger sich mit Dorits glattem Haar beschäftigten.

Als auch Itzik sich eingefunden hatte, tanzten alle in meinem Zimmer, Rock bei Licht und Blues im Dunkeln. Auch ich tanzte, ich tanzte widerwillig, ich tat, als würde mir dieser Abend Spaß machen, doch ich war böse auf meine Mutter, die für sich selbst eine Party mit meinen Freunden veranstaltete, ich war böse, dass es nur bei ihr am Schabbatabend kein Eisbein und keine *gefilte fisch* und auch keinen Vater gab, stattdessen aber Beruhigungstabletten und ein Brett und ein Messer, die auf der Küchenanrichte für ihren Einsatz bereitlagen.

Ich war auch böse auf meine Freunde, denn nur am Schabbatabend und in Anwesenheit meiner Mutter stellte mir keiner irgendwelche Fragen, sogar Ofer Silberman schrie mir nicht nach, dass meine Mutter verrückt sei.

»Schau nur, wie sehr sie dich mögen«, sagte meine Mutter aufgekratzt, als ihre Party zu Ende war.

Ich konnte mich nicht beherrschen. »Warum habe ich keinen Vater?«

»Komm, ich frisiere dich auch.« Sie tat, als hätte sie meine Frage nicht gehört. »Du siehst aus wie Shirley Temple.« Sie kämmte meine krausen Haare, kämpfte gegen die verfilzten Stellen und die Locken.

»Warum habe ich keinen Vater?« Ich ließ nicht locker, bis ich spürte, wie sie die Kraft verlor, wie ihre Bewegungen mit dem Kamm immer schwächer wurden, wie die Nacht sie wieder niederzwang.

Danach saß ich allein in meinem Zimmer, schloss die Augen und träumte von besseren Tagen, ohne Dorit, ohne Chajale, ohne meine Mutter, ohne dieses ganze Viertel. Ich träumte von einem anderen Ort, von einer anderen Familie, von einem Haus, in dem es einen Vater und eine Mutter gab, Brüder und Schwestern und einen Schabbatabend wie in den Geschichten.

~

Lange saß ich neben der schweigenden Dorit und blätterte weiter in dem Fotoalbum. Schließlich brach sie ihr Schweigen. »In den letzten Jahren war mein Kontakt zu Fejge nicht mehr so eng«, sagte sie. Ihr Blick war, wie meiner, an einem Foto von Fejge hängen geblieben, auf dem sie lächelnd im Kreis ihrer Kindergartenkinder stand, all der Kinder, die nicht ihre eigenen waren.

»Nach dem Tod meiner Mutter wollte Fejge nicht im Viertel bleiben. Sie beschloss umzuziehen und bestand hartnäckig darauf, dass auch neben ihrer neuen Wohnung ein Kindergarten sein müsse. Ich versuchte zwar, sie davon abzubringen, aber sie gab mir unmissverständlich zu verstehen, ich hätte nicht das Recht, mich einzumischen. Sie sagte: ›Eine, die am Ende der Welt lebt, zwischen Arabern, so eine sagt mir nicht, wo ich wohnen soll.‹ Irgendwann hat sie schließlich eine Ruine am Stadtrand gefunden, kurz vor Jaffa.«

»Eine Ruine?«

»Ein heruntergekommenes Haus, natürlich direkt neben einem Kindergarten. ›Fröhliche jüdische Kinder machen mich glücklich‹, hat sie zu dem Makler gesagt, der daraufhin den Preis wegen der Nachbarschaft zum Kindergarten natürlich sofort erhöhte. Ich nehme an, dass sie ihr Leben sehr glücklich beendet hat.« Dorits Stimme klang wütend. »Fast den ganzen Tag lang hat sie aus dem Fenster geschaut, hinunter auf fröhliche jüdische Kinder.«

Laute Stimmen vom Tor herüber brachten sie zum Schweigen. Ihr Sohn und ihre Tochter liefen an uns vorbei und verschwanden im Haus. Sie zeigten nicht das geringste Interesse an der Kindheitsfreundin ihrer Mutter. Am anderen Ende des Gartens tauchte Alon auf, und auch er reagierte nicht auf meine Anwesenheit. Er mähte den Rasen, und erst als Dorit ihn rief, kam er und drückte mir flüchtig die Hand. Sein Blick war in sich gekehrt, sein Lächeln gezwungen, sein Gesicht rot wie das eines Jungen in der Pubertät.

Danach kehrte er sofort zu seinem Rasenmäher zurück, mähte weiter den Rasen, der ganz offensichtlich erst vor kurzer Zeit gemäht worden war. Alles, was er hinterließ, war eine unerklärliche Verlegenheit und nackte Erde.

Ich schaute Dorit an und hoffte, in ihren Augen eine Antwort zu finden.

Dorit errötete. »Wir haben wunderbares Essen.« Sie würgte meine Neugier auf die mir nur allzu bekannte Art und Weise ab. Sie räusperte ihre Verlegenheit weg und legte eine reichhaltige Speisekarte vor mich auf den Tisch. Die Ablenkungsstrategien haben sich seit unserer Kindheit verfeinert, dachte ich.

Ich vertiefte mich in die Speisekarte, las sie Punkt für Punkt durch.

Melochia-Suppe

Taboulé

Kussa Machschi (gefüllte Zucchini)

Malfuf (Krautwickel)

Akubim

Kadaif

Baklava-Auswahl

Als ich den Blick von der Speisekarte hob, stand ein etwa fünfzigjähriger Mann mit einem sympathischen Gesicht und starken Händen neben Dorit.

»Das ist der Küchenchef, Aksam Suheil«, stellte Dorit den Mann vor. Sie war rot geworden.

Aksam lächelte herzlich und empfahl mir Akubim.

»A-ku-bim?«, wiederholte ich, jede Silbe betonend.

»Hier gibt es keine *kreplach*«, sagte er und entblößte beim Lächeln strahlendweiße Zähne. »Akubim – das sind die Könige der Disteln. Man brät sie mit Ei oder kocht sie mit Fleisch. Diese Pflanze erfreut den Magen.«

»Das ist genau das Richtige für sie, etwas Erfreuliches«, entschied Dorit.

»Aber was hast du mit Akubim zu tun?«, fragte ich sie, und zu Aksam sagte ich: »Ihre Mutter wäre hier verhungert.« Ich dachte auch an Fejge, die auf der Stelle der Schlag getroffen hätte.

»Du bist wie die anderen Freunde von Dorit, die hierher kommen.« Aksam lachte. »Wenn du es mir gestattest, wähle ich das Menü für dich aus.«

Natürlich gestatte ich es, bedeutete ich ihm mit einem Blick, aber natürlich.

»›Die anderen Freunde von Dorit‹ – wen hat er damit gemeint?«, erkundigte ich mich bei Dorit, als Aksam wieder in der Küche verschwunden war.

»So nennt er alle Tel Aviver«, antwortete sie ausweichend und kam wieder auf Fejge zu sprechen. »Als ich sie in ihrer Ruine besucht habe, hat sie versucht, mich zurechtzustutzen. ›Du weißt doch‹, hat sie zu mir gesagt, ›ich verstehe etwas von Pädagogik.‹ Und dann hat sie gefragt: ›Warum wohnst du nicht in der Stadt? Warum kauft dein Mann kein normales Auto? Warum fährt er einen Jeep wie ein Bandit? Warum hast du nicht einen Arzt geheiratet, einen Ingenieur, jemanden mit einem richtigen Beruf?‹ Nachdem sie ihr Sortiment von Fragen abgespult hatte, hat sie geseufzt und behauptet, sie hätte mir ihr ganzes deutsches Geld gegeben, um Alon an der Universität studieren zu lassen, und ich hätte es für Blödsinn ausgegeben. Eigentlich hätte sie nur meinetwegen für sich selbst überhaupt nichts kaufen können und sie wohne auch nur meinetwegen in einer Ruine. Dieser alte Geizknochen! Jeden Freitagabend hat Fejge Blumen mitgebracht, aber in einer Vase, und nach dem Schabbatessen hat sie sie dann wieder mitgenommen. Sie hat vergessen, dass ich keinen einzigen Cent von ihr bekommen habe.« Dorit brach der Schweiß aus. »In den letzten Jahren hat sie mir bei jedem Besuch angekündigt, es gebe da etwas, was sie mir erzählen müsse, meine Mutter sei ja jetzt tot, aber sie wisse ja, dass ich nur zu einem kurzen Besuch gekommen sei und ich es eilig habe, und es handle sich schließlich um eine alte Geschichte, etwas, was sechzig Jahre gewartet habe, könne auch noch ein weiteres Jahr warten. Aber auch wenn ich Zeit hatte, war bestimmt gerade Pause im Kindergarten und sie musste unbedingt sehen, wie es ihren geliebten Kindern ging.«

Dorit schwieg kurz, dann fuhr sie fort: »Ehrlich gesagt, sie hat auch Itzik verrückt gemacht, sie hat sich benommen, als wäre er ihr Sohn, sie hat ihm ihr ganzes Wiedergutmachungsgeld gegeben, sie hat ihn mit ihren Träumen nach Amerika geschickt, aber darüber haben wir nie gesprochen.«

Ich hörte schweigend zu, ich verstand, dass sie dabei war, eine alte Rechnung abzuschließen.

»In den letzten Jahren konnte ich sie nicht ertragen. Jedesmal, wenn ich zum Friedhof ging, habe ich sie vorher besucht, und jedesmal habe ich gedacht, was für ein Glück ist es doch, dass ich dich habe. Ich konnte es kaum erwarten, Fejge zu entkommen, zum Friedhof zu gehen und mich dann mit unserem Treffen zu trösten, mit dir ins Kino und zu Popcorn zu fliehen. Am Ende habe ich, trotz all ihrer Ankündigungen, die Geschichte über meine Mutter und über das, was zwischen ihr und Fejge war, nie erfahren. Was hätte sie auch schon erzählen können?« Dorits Augen waren leer, ihre Stimme klang erschöpft. »Dass meine Mutter nach dem Krieg in Polen geblieben ist? Dass sie einen deutschen Liebhaber hatte? Fejge hat es ausgekostet, sie hat ein Verbrechen daraus gemacht, sie hat meiner Mutter und uns allen das Leben zerstört.«

Ein deutscher Liebhaber? Plötzlich wurde mir alles klar: die Challa, die Itta im Hals steckengeblieben war, Fejges

»Frau *hefkerdiker*« und der immer gedemütigt wirkende Schmulik.

»Sag, hast du davon etwas gewusst? Hat dir jemand was gesagt?« Dorit schaute mich forschend an.

»Nein«, sagte ich, »ehrlich, ich habe nichts gewusst. Mir hat man nie irgendetwas erzählt, mir hat man keine Geheimnisse verraten. Du weißt doch, meine Mutter hat sowieso fast immer geschwiegen. Sie hat ihre eigenen Geheimnisse verschwiegen und auch die Geheimnisse aller Nachbarn. Meine Mutter war ein Safe.«

»Deine Mutter war auch die Krankenschwester des Viertels, deine Mutter kannte die Geheimnisse von allen. Schließlich waren alle ihre Patienten, niemand wollte sich mit ihr anlegen.« Dorit lächelte. »Immer haben alle gemacht, was sie gesagt hat.«

Ich wollte fragen, was meine Mutter gesagt hatte und was die anderen gemacht hatten, aber Alon kam auf uns zu und schüttelte dabei so energisch den Kopf, als müsse er irgendetwas wegscheuchen. Der Lärm des Rasenmähers übertönte Dorits Stimme.

Sie war blass geworden.

Das liegt nicht an mir, es liegt an ihm, dachte ich, und ich suchte nach Worten, die die Verlegenheit auflösen könnten. Das Essen, das Aksam vor uns auf den Tisch gestellt hatte, eröffnete mir einen Ausweg: »Wir haben uns ganz schön hochgearbeitet seit damals, seit dem Sandwich und dem Saft im Sommercamp.«

»Das war der schrecklichste Sommer meines Lebens«, brach es aus Dorit heraus. Ihre Stimme wurde leiser. »Das hast du bestimmt nicht gewusst.«

»Doch, das war ein schrecklicher Sommer«, murmelte ich

und dabei wackelte ich mit dem Kopf wie ein altes Klatschweib, ohne eigentlich zu wissen, warum.

»In jenem Sommer«, sagte Dorit nun wieder lauter, um das Rattern des Rasenmähers zu übertönen, »habe ich nach Brachas Horrorauftritt zu meiner Mutter gesagt, ich wisse jetzt, dass ihre ganze Familie im Krematorium verbrannt worden sei. Ich wollte noch andere Sachen erzählen, die ich von Bracha gehört hatte, aber meine Mutter wollte nichts hören. Sie stand auf, wie eine Autistin war sie plötzlich, entschwand ins Badezimmer und schloss sich ein.«

»Meine Mutter ist im Badezimmer.« Ich erinnerte mich, wie Dorit mit diesen Worten bei uns hereingeplatzt war. Ihr Schrei schoss mir durch den Kopf wie ein Wirbelsturm, mir wurde schwindelig.

»Nachdem die Finks abends die Tür aufgebrochen hatten, kam Dr. Wollmann mit deiner Mutter zu uns«, fuhr Dorit fort zu erzählen. Sie zog an ihren Fingern, die Gelenke knackten, dann trank sie einen Schluck Wasser, den sie so mühsam hinunterschluckte, als hätte sich das Wasser in ihrem Mund in Kieselsteine verwandelt.

»Sie holten sie aus dem Badezimmer und schleppten sie ins Schlafzimmer«, erzählte Dorit weiter. »Meine Mutter lag auf dem Bett, starrte die Lampe an und schwieg. Dr. Wollmann nannte das Katatonia. Katatonia, was für ein Wort! Jahrelang dachte ich, es sei eine Art Verwandte, du weißt schon, Bronia, Sonia, Katatonia. Niemand erklärte mir, was das war oder wer das war, diese Katatonia.«

Dorit erschauerte, ich auch.

»Meine Mutter ist im Badezimmer. Du erinnerst dich doch bestimmt noch, wie ich bei euch reingeplatzt und zur Toilette gerannt bin.«

Ameisen. Während des ganzen Sommers hatte sie Ameisen erforschen wollen.

Ich brachte kein Wort heraus. Mein Redevermögen war mir abhandengekommen.

～

»Ich gehe kurz zu Elektro-Koslowski«, hatte meine Mutter gesagt. Ich erinnerte mich, dass ihr Blick mir verraten hatte, dass sie log. Ich folgte ihr und stellte fest, dass sie eilig zu Dorits Wohnung lief.

»Ich bin's«, sagte sie leise, bevor sie die Wohnungstür öffnete und eintrat. Als sie bemerkte, dass ich ihr gefolgt war, wurde sie zornig. »Geh zu Fejge, Dorit ist dort«, schimpfte sie, schob mich hinaus und knallte mir die Tür vor der Nase zu.

Ich rannte zu Fejge und schlug Dorit vor, zu ihr nach Hause zurückzugehen. Dorit weigerte sich.

Mir ließ die Neugier keine Ruhe. Ich versprach ihr, nie wieder mit Chajale zu spielen. Als wir bei ihr zu Hause ankamen, sah ich meine Mutter auf dem Rand der Badewanne sitzen und mit Itta sprechen. Ich hätte das Gespräch gern belauscht, aber Dorit zog mich auf den Hof, sie wollte Himmel und Hölle spielen und sie ließ mich einfach so anfangen, ohne wie sonst auszulosen, wer begann.

～

Alon und sein Rasenmäher entfernten sich ans andere Ende des Gartens. Der Lärm wurde leiser. Dorit war wieder verstummt. Stille breitete sich zwischen uns aus.

Meine Mutter hatte gesagt, sie sollten schweigen, und sie schwiegen. Das war es, was Dorit gemeint hatte.

Ich lenkte meine Gedanken in die Vergangenheit, versuchte, mich in sie zu versenken, von allen Erinnerungen kam der Geschmack von rosafarbenem Bubblegum zu mir zurück.

~

»Dr. Wollmann, Sie wissen, dass sie gesund sein muss.« Die Stimme meiner Mutter kratzte sich in mich.

Dr. Wollmann schwieg, ich musste mich ausziehen.

Er untersuchte mich, maß meinen Puls und Blutdruck, kontrollierte meine Augen, meine Ohren, meinen Hals, ließ mich mit geschlossenen Augen auf einer Linie geradeaus gehen, klopfte mir auf die Rippen, betastete meinen Bauch.

»Sie ist gesund«, diagnostizierte er.

Meine Mutter atmete erleichtert auf. Ich zog mich schnell wieder an.

Bevor wir aus dem Haus gegangen waren, hatte meine Mutter mir einen Bubblegum gegeben.

Jetzt spuckte ich ihn ihr vor die Füße. Dr. Wollmann hob ihn auf und legte ihn in den Aschenbecher, nahm meine Patientenkarte vom Schreibtisch und bot meiner Mutter eine Tasse Tee an.

Sie blieben sitzen, schauten einander an und schwiegen. Ich knallte die Tür hinter mir zu und lief davon.

~

Alon ging wieder an uns vorbei. Perpetuum mobile, nannte ich ihn insgeheim. Er kam und ging, ging und kam, und der

Rasenmäher, den er vor sich herschob, ratterte. Dorit senkte den Blick und schwieg.

Aksam ging zu Alon und flüsterte ihm etwas zu. Alon, mit dem Gesicht eines beleidigten Kindes, brachte den Rasenmäher zum Schweigen. Vornübergebeugt und langsam stakste er auf seinen dünnen Beinen davon und verschwand in einem der Zimmer. Aksam ging wieder in die Küche.

»Nach einigen Wochen kehrte meine Mutter ins Leben zurück«, fuhr Dorit jetzt fort zu erzählen. »Erst da wagte ich, meinen Vater zu fragen, was ihr passiert war. Er sagte mir, eines Tages würde Fejge sie noch umbringen. Das war alles, was er gesagt hat, und mir tat es leid, dass ich kein Waisenkind war wie du.«

Ich biss mir auf die Lippe.

Dorit stöberte weiter in ihren Erinnerungen. »Du hattest keine Verwandten, die dir das Leben schwer machten. Und deine Mutter«, ihre Stimme wurde weich, »war die Einzige, die genau wusste, was bei mir zu Hause los war, aber sie hat nie etwas gefragt, sie hat mich nie belastet und mir nie wehgetan. Bei ihr fühlte ich mich am sichersten. Vielleicht war ich deshalb auch so gern mit dir zusammen.« Sie lächelte mich an. Ich war so verblüfft, dass ich nur hinauf zum Himmel schauen und schweigen konnte.

»Schau«, sagte sie und schlug ein anderes Fotoalbum auf, »man sieht auf den Fotos, dass wir beide ein Herz und eine Seele waren, bei allen Zeremonien, bei allen Festen stehen wir nebeneinander. Ich war immer an deiner Seite. Wie Cilli und Gilli bei Bialik, wie Schwestern.«

Sie legte mir sanft die Hand auf die Schulter und ein kleines, trauriges Lächeln erschien auf ihrem Gesicht.

Als sie lächelte, sah ich wieder den schiefen Zahn und ihren rechten Nasenflügel, der leicht zuckte, wenn sie sprach. Ein warmes Gefühl stieg in mir auf.

»Wie Cilli und Gilli, wie Schwestern, und nichts wussten wir voneinander.« Ich konnte den Gedanken nicht mehr zurückhalten und sprach ihn aus. »Weißt du etwas über meinen Vater? Vielleicht hat dir Fejge ja etwas erzählt?«

»Fejge hat geredet wie ein Tausendfüßler nach einem Schlaganfall«, antwortete Dorit. »Ich habe bei ihren Geschichten nie verstanden, wo sie anfingen oder aufhörten und über wen oder was sie gerade sprach. Es fällt mir schwer, dir das zu erzählen, meine Geschichten schmerzen, hat sie immer voller Selbstmitleid gesagt. Und meine Mutter, wie du weißt, hat auf jede Frage nur ihr *hejbt sich on a majsse* parat gehabt. Und mich hat sie immer mit einem einzigen Satz plattgemacht: Ich habe die Lager überlebt, und jetzt willst du mich umbringen?«

»Gut, dass wir Bracha hatten, zumindest sie hat etwas erzählt.« Mit diesen Worten wollte ich das Thema abschließen. Ich war der Erinnerungen und des Redens schon müde, ich dachte, unsere Toten hätten für diesmal ausgedient.

»Der deutsche Liebhaber ist in der Tat etwas, was ich von Bracha erfahren habe«, fuhr Dorit fort. »Aber was dich betrifft, so habe ich jahrelang nichts gewusst. Jahrelang wusste ich nur, dass dein Vater krank war. Krank … krank … krank …. Bis Fejge eines Tages sagte, er sei tot, und mich schwören ließ, es dir nicht zu sagen, weil es verboten sei, über deinen Vater zu sprechen.« Dorit lächelte leicht. »Ehrlich gesagt, ich war nicht wie du. Als man mir sagte, er sei tot, hielt ich den Mund, ich stellte keine Fragen, und außerdem hast du mir nicht leid getan. Schon damals dachte ich, es sei nicht die schlechteste

Option, ein Waisenkind zu sein, relativ gesehen. Du weißt ja, bei uns war der Tod nicht das Schlimmste.«

»Es war nicht leicht mit solchen Eltern«, musste ich ihr recht geben.

Dorit seufzte. »Ich weiß nicht, wie es bei dir ist …«, sie schaute mich an, »aber ich habe sie gehasst, meine Mutter, meinen Vater, Fejge, Wladek – alle.« Sie überließ sich dem Zorn, der sie mitriss und mich auf meinem Stuhl fest-nagelte.

~

»Hoffentlich stirbst du!«, hatte ich laut geschrien.

»Ja, wirklich, hoffentlich!« Meine Mutter lachte. »Solange man lebt, gibt es die Hoffnung, zu sterben.«

»Bete für mich«, schlug sie mir ein andermal vor, »vielleicht erhört der da oben ja wenigstens dich.« Sie trieb mich in den Wahnsinn.

~

»Tatsächlich, ich hatte Glück«, rutschte es mir heraus. »Ich musste nur meine Mutter hassen.«

Dorit und ich schwiegen lange. Wie bei einer Gedenk-zeremonie.

Aksam kam zurück und stellte die Akubim auf den Tisch.

»Warum so trübsinnig?«, fragte er.

»Jüdisch-polnische Nostalgie«, sagte Dorit lakonisch.

Er strich ihr sanft übers Haar. Sie entzog sich mit einer leichten Bewegung seiner streichelnden Hand, er verstand die Bewegung, legte seine Hand nun nachsichtig und zärtlich auf ihre Schulter. Sie drehte den Kopf weg von ihm, ihr Blick schweifte in die Ferne.

»Willst du noch von dem Taboulé?«, fragte Dorit. »Und du hast auch die Krautwickel noch nicht probiert.« Sie bemühte sich offensichtlich, mich von dem, was ich sah, abzulenken. Ich machte mich über die Akubim her. Schließlich kannte ich mich seit meiner Kindheit mit den Mahlzeiten bei Dorit aus, ich füllte meinen Mund mit Essen und schwieg.

Aber ich schaute auf Aksams Hand, die sanft auf ihrer Schulter lag. Ich erinnerte mich an die feste Hand Dr. Wollmanns, wie sie über den Rücken meiner Mutter gestrichen und lange auf ihrer Hüfte liegen geblieben war. Wenn er sie angeschaut hatte, wurden ihre Augen dunkler und glänzten. Ich erinnerte mich, dass auch meine Mutter sich seiner Berührung, wie Dorit, mit einer leichten Bewegung entzogen hatte.

Ich vertiefte mich ins Essen, Dorit versank in Schweigen.

Ich war wieder in jener alten Geschichte, in jenen bedrückenden Momenten des Schweigens, des Verbergens. Da waren sie wieder, lebten zwischen uns auf, wie damals.

Ich wusste, dass es auch heute, auch hier, ein geheimes Leben gab, Geheimnisse blühten im Emek.

Das, was gewesen war, war das, was uns verband, dachte ich. Die Eltern, die Kindheit mit dem Stacheldraht um die Seelen, ein Stacheldraht zwischen uns und der Welt, zwischen uns und unseren Eltern. Was uns verband, hatte nichts mit Gemeinsamkeiten der Wesensart, der Interessen oder der Lebensweise zu tun.

Ich spürte, dass das Zusammensein uns bedrückte, die Erinnerungen uns belasteten. Ich wurde ungeduldig.

Meine alten Reflexe kehrten zurück. Ich wollte nur noch aufstehen und verschwinden, wie damals, als ich noch ein Kind gewesen war.

»Komm, lass uns ein bisschen spazieren gehen«, schlug Dorit plötzlich vor.

Mein Gefühl wurde bestätigt. Auch für sie war mein Besuch bedrückend. Wie damals bei den Schabbatessen wollte Dorit auch jetzt fliehen, ich wusste nur nicht, vor wem – vor Alon, vor Aksam oder vielleicht vor mir.

Wir gingen durch das Tor und stiegen den nahen Hügel hinauf. Nach einigen Minuten stellte ich überrascht fest, dass wir nicht allein waren. Anfangs ging Aksam hinter uns, als wollte er uns vor jedweder Gefahr schützen. Doch nach kurzer Zeit war er an Dorits Seite.

Sie wechselte die Position, kam auf meine andere Seite. Zu dritt gingen wir weiter, ich in der Mitte, Aksam zu meiner Rechten, Dorit zu meiner Linken.

Aksam lenkte unsere Aufmerksamkeit auf einen Baum, dessen Zweige wild in alle Richtungen wuchsen.

»Das ist ein Zürgelbaum«, sagte er. »Die Muslime glauben, dass ein Zürgelbaumzweig, der Früchte trägt, böse Geister fernhält.« Bei dieser Gelegenheit erzählte er mir auch, dass er Tscherkesse war, und deutete auf sein Dorf oben auf dem nächsten Hügel.

Aksam sprach weiter über Bäume, über Eichen, über Pistazien-, Oliven-, Mandel- und Feigenbäume. »Komm gegen Ende des Monats noch einmal, dann wird alles in voller Blüte stehen«, lud er mich zu einem weiteren Besuch ein.

Ich lächelte höflich. Dorit ignorierte es.

Aksam trat zu Dorit, legte wieder die Hand auf ihre Schulter, Dorit wechselte wieder die Seite. Nun ging Aksam zu meiner Linken, Dorit zu meiner Rechten.

Ich fühlte mich unbehaglich, die Nachmittagsvorstellung im Kino passte besser zu Dorit und mir.

Oben auf dem Gipfel setzten wir uns auf einen Steinhaufen. Von dort aus schauten wir auf grüne Wäldchen, braune Felsen, rote Ziegeldächer, der Anblick der Landschaft mit all ihren Farbtönen nahm mich gefangen.

»Schön ist es hier«, sagte ich, um die Stille zu unterbrechen und ein Gespräch zu beginnen.

»Vielleicht ist es das, was dir fehlt«, sagte Dorit und reichte mir zu meiner Überraschung einen Zürgelbaumzweig.

Da saß ich nun, mit einem Zweig in der Hand wie eine Ziegenhirtin und mit einem gezwungenen Lächeln auf den Lippen.

Dorit ritzte mit einem anderen Zweig Kreise in den Sand.

»Das Taschenmesserspiel«, erinnerte ich sie.

Sie reagierte nicht.

»Früher haben wir, wenn es geregnet hatte, einen Kreis in den nassen Sand gezogen und das Taschenmesserspiel gespielt, wir beide gegen alle anderen Kinder«, erzählte ich Aksam. »Dorit verstand es, genau zu zielen, sie schleuderte das Taschenmesser so in die feuchte Erde, dass immer der größte Kreisabschnitt uns gehörte. Dank ihr habe auch ich gewonnen.«

Aksam kannte das Taschenmesserspiel nicht, hörte aber aufmerksam zu. Dorit starrte weiter auf den Boden und ritzte einen Kreis nach dem anderen in den trockenen Sand.

Ihre monotonen Bewegungen, ihr Schweigen und Aksams verwirrende Anwesenheit machten mir klar, dass es höchste Zeit war, zu verschwinden.

Ich sah Ameisen aus der Erde hervorkrabbeln und über den Sand marschieren. In unserer Gegenwart gibt es keinen Platz für derlei Begegnungen, dachte ich. Ich fühlte mich in eine Szene meines früheren Lebens zurückversetzt.

Warum hatte sie mich eingeladen? Und warum hatte ich die Einladung angenommen?

Ich spürte, dass ich in ihren Geheimnissen herumtrampelte.

»Ich muss gehen«, verkündete ich in die Stille hinein.

Als wir uns auf den Rückweg machten, färbte die Sonne den Himmel in glühendes Orange und entzündete vor dem Einbruch der Dunkelheit ein Feuer am Horizont.

Dorit ging neben mir, Aksam hinter uns.

»Sag, wie geht es Itzik?«, erkundigte ich mich.

»Wie du weißt, ist er kein Dichter mehr. Nachdem er sich jahrelang selbst gesucht und das ganze Geld von Fejge verprasst hat, lebt er jetzt in Boston.«

»Weh, wie nur fällte die Axt des Satans den mächtgen, sturmgesättigten Stamm? Weh, wie nur wurde es erstickt, verbrannt, ermordet, unser Volk – vom Greis bis zum Jüngling?« Ich konnte mich nicht beherrschen, die Verse strömten aus mir heraus. Doch wieder erwähnte ich mit keinem Wort meinen Anteil an der Bloßstellung seines Gedichts. Dorit lächelte mich an. Die besten Freundinnen sagen sich alles, erinnerte ich mich und verstummte. Um meine Verwirrung zu verbergen, erinnerte ich Dorit dann daran, wie sehr Bracha und Siva in Itzik verliebt gewesen waren. Sie lächelte wieder.

»Weh, wie nur zerteilte das Schlachtmesser des Bösen das reine Opfer, das Lamm ohne Schuld …«, zitierte Dorit weitere Zeilen jenes Gedichts.

»Die Gedichte, die er in seiner Jugend geschrieben hat, sind bei mir in einer Kiste begraben«, sagte sie traurig, ihr Blick war leer. »Die Wahrheit ist, er hat nicht in dieses Land gepasst. Die Gedichte, die er damals an die Zeitungen schickte, hat niemand wirklich verstanden, und Fejge, die gegen meine Mutter ankämpfte, hat die Herrschaft über ihn übernommen. Sie hat sich aufgeführt, als wäre er ihr Sohn, sie hat ihn auf das Landwirtschaftsinternat geschickt, sie wollte einen waschechten Israeli aus ihm machen. Vergiss nicht, er ist in einem Lager auf Zypern geboren, in Wirklichkeit war er keinen einzigen Tag lang ein Sabre. Während seiner Armeezeit hat er furchtbar gelitten. Als er den Militärdienst beendet hatte, gab Fejge ihm ihr Wiedergutmachungsgeld und drängte ihn, uns und das Land zu verlassen und im Ausland zu studieren. Sie hat ihm die Flucht vor uns allen ermöglicht. Jahrelang hat er nichts mehr von sich hören lassen. Heute unterrichtet er Philosophie und Geschichte in Boston, und was seine Mädchengeschichten betrifft, so hängt ihm auch noch heute immer ein blödes Weibsstück am Hals.« Ihrer Stimme war kein Gefühl anzuhören.

»Und was ist zwischen euch?«, fragte ich.

»Amerika«, sagte sie mit verschlossenem Gesicht, »das ist weit weg.«

Am Himmel verwandelte sich das Blau des Tages in ein Stahlgrau. In den umliegenden Siedlungen gingen die Lichter an.

Dorit wechselte das Thema. »Du weißt, dass ich die Nacht liebe«, sagte sie.

Sie wollte nicht mehr über Itzik sprechen und ich stellte keine weiteren Fragen.

»Die Nächte verbringe ich in der Chirurgie, ich höre die

Beatmungsgeräte, ich sehe die Anzeigen des EKGs und sonst ist da nur Stille.«

»Arbeitest du nur nachts?«, fragte ich. »Bist du eine *kurve* geworden?« Wieder gelang es mir, sie zum Lächeln zu bringen.

»Ich war schon immer eine Nachteule.«

»Du?«, fragte ich erstaunt.

»Ja.«

»Wieso habe ich das nicht gewusst?«

»Ihre wichtigsten Gedenkzeremonien pflegte meine Mutter nachts abzuhalten.« Sie rührte offenbar an eine Wunde.

Ich hütete mich, weitere Fragen zu stellen, ich wollte nicht eindringen, keine Grenze überschreiten.

Wir erreichten das Tor. Der Rasenmäher ratterte wieder. Dorits Blick war unruhig. Neue Geheimnisse trennten uns. Nur über die alten konnte man reden, und über sie auch nur wenig und mit großer Vorsicht. Über Alon, über Aksam, über Itzik werden wir nicht sprechen, dachte ich traurig.

Der Lärm des Rasenmähers wurde lauter. Ich verabschiedete mich und wollte gehen.

»Warte einen Moment«, sagte Dorit plötzlich.

Sie ging zu den Fotoalben auf dem Gartentisch und zog ein Foto heraus.

Ich warf einen Blick auf das vertraute Bild: ich mit fünf, in einem Purimkostüm, als Krakowiak-Tänzerin verkleidet, und hinter mir dichtes Gebüsch.

»Ich habe dieses Bild auch in meinem Album.« Ich lächelte.

»Das ist dein Vater«, sagte Dorit und deutete auf das Gebüsch.

»Was?« Ich begriff nicht.

»Ich habe mich plötzlich daran erinnert, dass Fejge mir gesagt hat, das sei dein Vater«, sagte Dorit.

Ich betrachtete das Gebüsch. Zum ersten Mal entdeckte ich eine Stirn, eine Haartolle und ein Augenpaar. Ich versuchte, das Bild zu vervollständigen, ein Phantombild zu erstellen, ich versuchte aus meiner Erinnerung den Mann hervorzuziehen, der da aus dem Gebüsch spähte – nichts.

»Das wurde bestimmt zu der Zeit aufgenommen, als er noch das Sanatorium verließ und zu Besuch kam«, sagte Dorit.

»Er kam zu Besuch?« Ein Schauer lief mir über den Rücken.

»Ja, er kam ins Viertel und ist dir gefolgt, wenn du in den Kindergarten gegangen bist. Anschließend hat er sich bei euch zu Hause ausgeruht, hat dich beobachtet, wie du aus dem Kindergarten zurückgekommen bist, und sich wieder aus dem Haus geschlichen. Übernachtet hat er bei Fejge.«

Ich spürte Stiche auf meiner nackten Haut.

»Erinnerst du dich, dass wir einmal aus dem Kindergarten weggelaufen sind, um deinen Vater zu suchen?«

Ich nickte stumm.

»An jenem Tag war er wirklich bei euch zu Hause«, fuhr Dorit fort. »Ich wusste von Fejge, dass du ihn nicht treffen durftest, damit du dich nicht bei ihm ansteckst und an Tuberkulose stirbst. Deshalb habe ich dich zur Krankenkassenambulanz gezogen, ich wollte dich retten.« Sie starrte auf den Boden. »Danach ist er nicht mehr gekommen«, sagte sie. »Deine Mutter hatte Angst, du würdest ihn entdecken. Sie hatte Angst, du könntest ihn umarmen und dich bei ihm anstecken. Das war das letzte Mal, dass er ins Viertel gekommen ist. Jahrelang hat Fejge mir vorgeworfen, dass er meinetwegen nicht mehr kommen konnte.« Dorits Stimme erstickte, sie schwieg einen Moment, bevor sie fortfuhr: »Du weißt bestimmt nicht, dass ich an manchen Tagen Fejge nicht besuchen durfte. Meine Mutter erlaubte es mir nicht, weil dann dein Vater bei ihr übernachtete, ich hätte mich sonst anstecken können.«

Ihre Worte schlugen wie Hagelkörner gegen mein Trommelfell.

»Was hatte er mit Fejge zu tun?«, stammelte ich.

»Fejge hatte keine Kinder, die sich hätten anstecken können. Und außerdem fürchtete sie sich ebensowenig wie die anderen vor Krankheit und Tod. Sie mussten nur auf uns aufpassen, auf die Kinder, vor allem auf dich, immer haben sie über dich gesagt: das einzige Kind einer ausgelöschten Familie.« Ein Lächeln flog über ihr Gesicht, dann sprach sie wieder über meinen Vater, sie wollte das Geheimnis von damals loswerden, sie konnte sich nicht länger zurückhalten. »Was für ein bedauernswerter Mensch. Stell dir vor, morgens, wenn du zum Kindergarten gegangen bist, konnte er dich nur heimlich beobachten, verborgen hinter irgendeinem Gebüsch, durch den Zaun oder von der Straßenecke aus, dann musste er verschwinden. Ich denke, dass nur Fejge, Wladek und deine Mutter ihn getroffen haben …« Plötzlich fing sie an, leise eine Liedzeile zu summen, als wüsste sie nicht, wie sie diese Geschichte beenden sollte: »Und er stieg in die Kutsche, sagte Hü zu den Pferden …«.

Mir war so heiß geworden, dass mir die Bluse auf der schweißnassen Haut klebte, ich hatte ein flaues Gefühl im Bauch und eine zugeschnürte Kehle.

»Aber ich habe dieses Foto auch in meinem Album.« Das war alles, was ich herausbrachte.

Mir waren die Worte verloren gegangen, Nebel hüllte jeden Gedanken ein.

»Sieh es doch so: Endlich hast du einen Beweis dafür,

dass du einen Vater hattest«, versuchte Dorit mich aufzumuntern.

»Und er stieg in die Kutsche, sagte Hü zu den Pferden …« Auch in meinem Kopf hatte sich die Liedzeile festgesetzt.

»Du hast nichts gewusst?«, fragte Dorit und hob den Blick vom Boden. »Du hast wirklich nichts gewusst? Ich kann es nicht glauben.« Ich sah ihr an, wie erschrocken sie war.

»Doch, ich hab's gewusst«, murmelte ich. Dorits Worte hatten ein verschwommenes Wissen berührt, das mich mein Leben lang begleitet hatte, das mir niemand bestätigt hatte, das von allen geleugnet wurde. Ja, ich hatte es gewusst. Mir wurde heiß. Schließlich war ich damals losgezogen, um ihn zu suchen, als wäre ich mir gewiss gewesen, dass mein Vater in der Nähe war.

Es war also nicht alles nur Einbildung gewesen, sagte ich mir, nicht alles nur ausgedacht, nicht alles nur zusammengeträumt. Aber warum musste ich das nun von Dorit erfahren, warum hatte meine Mutter es mir nicht gesagt? Ich berührte das Bild mit zitternder Hand, hob den Blick zum Himmel, Trauer erfüllte mich und das Gefühl, etwas versäumt zu haben.

Der Abend wurde zur Nacht. Stille lag über dem Emek, der Rasenmäher war verstummt. Dorit begleitete mich zum Tor.

»Übermorgen endet die Schiwa. Vielleicht kommst du mit mir zum Friedhof in Nachlat Jizchak, nur du und ich?«, fragte sie. »Aber wenn du nicht kommst, ist es auch in Ordnung.« Sie wurde rot. »Übermorgen bin ich um die Mittagszeit dort, also nur wenn es dir passt …«

Ich konnte ihr diesen Wunsch nicht abschlagen.

Auf der Fahrt zurück nach Hause erschienen im Sternenlicht die Kibbuzim, Moschawim und Dörfer im Emek wie mit goldenen Fäden in die Landschaft gestickt. Durch das offene Autofenster wehte mir ein trockener Vorfrühlingswind ins Gesicht. Meine vor Schweiß feuchten Hände rutschten über das Lenkrad.

Mein Vater war also gekommen, um mich zu sehen, und niemand hatte es mir gesagt. Ein heftiger Zorn ergriff mich.

Ich war wütend auf Dorit und auf meine Mutter, auf sie und auf alle, die geschwiegen hatten. Der Schweiß brannte auf meiner Haut, und all die wehen Stellen meiner Kindheit schmerzten, der Trost, die Küsse und Umarmungen, die mir nie zuteil geworden waren.

Plötzlich, nach Jahren, war es wieder da, dieses Würgen in der Kehle. Was habt ihr mir eigentlich ersparen wollen? Warum habt ihr mir nichts gesagt? Warum habt ihr mir nicht gesagt, dass er lebt? Warum habt ihr mir nicht gesagt, dass er gestorben ist? Was war da? Gab es vielleicht noch etwas anderes, ein dunkles Geheimnis, irgendeinen Wahnsinn? Das fragte ich Dorit, das fragte ich meine tote Mutter, das fragte ich auch mich selbst. Ich hatte das Gefühl, den Verstand zu verlieren.

Auf der Küstenstraße stieg mir der Geruch des Meeres in die Nase, das Geräusch der Wellen und das Brausen des Nachtwinds drangen ins Auto.

In meinen Schläfen hämmerte es, durch meinen Kopf schossen die erfundenen Geschichten, die Sehnsüchte, die Biographien, die ich mir ausgedacht hatte, um mich zu schützen, mich zu trösten, um die Leere in mir auszufüllen, um Geborgenheit und Frieden zu finden.

In meinem Kopf hallte auch das Geräusch des Messers wider, mit dem meine Mutter auf das Holzbrett geschlagen hatte, und ich sah sie vor mir, wie sie das Gemüse hackte, in ihrem Schmerz Gurken, Paprika und Tomaten zerteilte.

Und ich sah Dorit neben mir, an jenem Tag, an dem ich ausgezogen war, meinen Vater zu suchen. Sie war es damals gewesen, die mich mit Gewalt Richtung Krankenkassen-ambulanz gezogen hatte. Man hatte ihr gesagt, dass ich ihn nicht treffen dürfe, man hatte ihr gesagt, das sei gefährlich, ich könne mich bei ihm anstecken und sterben. Trotz des Sturms in meinem Inneren spürte ich, dass ich dabei war, die Fäden meines Lebens zusammenzuknüpfen, dass sich in mir etwas zusammenfand wie eine Familie am Abend eines Festes.

Ich stellte das Radio laut, ich schloss das Fenster und fuhr so schnell, wie es erlaubt war.

Als ich zu Hause ankam, blätterte ich im Album mit den Fotos aus meiner Kindheit. Ich zeigte meinem Mann das Bild von der Krakowiak-Tänzerin. »Das ist mein Vater«, sagte ich.

Er betrachtete es genau, sein Blick durchforschte das Gebüsch, blieb an dem Augenpaar und der Haartolle hängen.

»Lass es«, sagte er einfach. »Schau, wie er sich verbirgt, er hatte wirklich die Absicht, sich zu verstecken.«

»Lass es«, unterbrach ich ihn frustriert, »das sagt sich leicht.«

Ich legte das Album neben mein Bett.

In der Nacht fand ich keinen Schlaf. Ich stand auf, versuchte mich am Computer zu beruhigen.

»Wie kommst du mit deinem neuen Buch voran?«, stand in einer E-Mail, die mir der Verlag geschickt hatte.

Ich muss mich entschuldigen, informierte ich in Gedanken die Lektorin, aber leider komme ich zurzeit nur rückwärts voran.

4

DORIT EMPFING MICH am Friedhofstor. »Ich war schon bei Fejge«, sagte sie und schlug zu meiner Überraschung vor: »Komm, lass uns von hier verschwinden, wir drehen eine Runde durchs Viertel.«

Panik packte mich. »Nein, wir gehen ins Kino«, widersprach ich.

Dorit ignorierte meinen Protest und marschierte los, Richtung Viertel.

»Man sagt, unser Viertel habe sich in das Soho von Tel Aviv verwandelt, hier würden jetzt viele Künstler wohnen«, schwärmte sie.

»Auch damals gab es hier eine Bohème«, sagte ich. »Schließlich hatte sich hier die Elite aus allen Lagern versammelt.« Ich blieb wie angewurzelt stehen, gelähmt vor Angst.

Dorit merkte, dass ich mich nicht von der Stelle rührte. »Entspann dich!«, sagte sie. »Wovor hast du eigentlich Angst? Schließlich sind doch alle tot.«

»Ich habe auch vor den Toten Angst«, erwiderte ich.

Dorit lachte. »Komm, lass uns eine kleine Runde drehen.« Sie zog mich am Arm. »Nun komm schon.«

»Ich war vor einer Woche hier«, sagte ich abwehrend. »Nach Fejges Beerdigung bin ich durch die Hauptstraße gefahren. Hier ist nicht Soho, hier ist gar nichts.«

»Nur eine kleine Runde zu Fuß«, beharrte sie.

»Was ist mit dir?«, fragte ich. »Warum bist du heute so stur?«

»Itzik macht mich verrückt«, gab sie zu. »Es quält ihn, dass er nicht zu Fejges Beerdigung gekommen ist. Er hat mich gebeten, ihm ein Foto vom Grab zu schicken, von Fejges Haus, von ihrem Kindergarten und von Wladeks Kurzwarengeschäft, und bei der Gelegenheit soll ich auch ein paar Fotos von unserem Haus machen.«

Sie hatte wie immer etwas verborgen. Den leichten Zorn ließ ich mir nicht anmerken, ich lächelte sie an.

Einige Minuten später standen wir bereits vor dem Haus, in dem ich früher gewohnt hatte.

Einen Moment lang kam es mir vor, als wäre alles so geblieben, wie es gewesen war. Doch auf den zweiten Blick bemerkte ich, dass die Hecke nicht mehr blühte, das einstige Rasenstück war nun mit Steinplatten bedeckt und die Fensterläden waren geschlossen.

Ich bin sicher, dass ich blass wurde.

»Es ist nicht mehr, wie es war«, sagte Dorit, sie hatte meine Gedanken gelesen, wie früher.

»Und das ist auch gut so«, zischte ich.

Wir blieben stehen. Vor uns tauchte eine junge Frau mit einem schreienden Baby in einer Tragetasche auf und verschwand in einem am Straßenrand geparkten Auto. Zugleich sah ich Dorit vor mir, wie sie mit fliegenden Zöpfen seilhüpfte. Ein Junge mit einem Ranzen sprang leichtfüßig die Treppenstufen hinunter und ein kleiner Hund rannte hinter ihm her. Dahinter sah ich Chajim Poschibuzki, der Glasscheiben zertrümmerte, ich hörte Chajale Chopin spielen und Ofer schreien: »Dein-Vater-ist-tot!«

Auch meine Mutter tauchte auf, eilte in ihrem weißen Kittel zu einem der Nachbarn.

In meinem Kopf wirbelten Vergangenheit und Gegenwart durcheinander, nicht zusammengehörige Welten mischten sich. Ich schaute mich um und war zugleich acht Jahre alt und fünfundfünfzig.

Es dauerte lange, bis wir weitergingen.

Vor dem Eingang des Hauses, das einmal Dorits Haus gewesen war, blieben wir wieder stehen.

Dorit fotografierte das Haus, den Hof, die Treppe, die Tür und sogar die Fenster.

Mit jedem Klick blitzten in mir Momentaufnahmen der Vergangenheit auf. Ich sah meinen Hund, der hinter mir herlief, ich sah Chajale, die in einer Schlammpfütze den goldenen Ring mit einem Herzchen suchte, den sie verloren hatte, ich sah, wie sie untröstlich weinte, und ich sah Dr. Wollmann, der in seinem Sprechzimmer meiner Mutter gegenüber saß, Tee trank, sie anschaute und schwieg.

Als wir uns Chajale Finks Haus näherten, meinte ich, Gitl zu sehen, wie sie sich morgens auf den Weg nach Nord-Tel Aviv machte, um dort zu kochen und zu putzen, und wie sie abends mit ihrer blauen Plastiktasche voller Essen für ihre Ehemänner und ihre Tochter zurückkam. Brosamen aus dem Haus der Herrschaften, hatten die Leute gesagt. Ich sah auch Jissachar und Jona, wie sie im Hof saßen, an ihren stummen Radioapparaten herumschraubten, Glühbirnchen und Kabel herauslösten und wieder einsetzten.

»Komm doch zu uns, *kezele*«, riefen sie, als sie entdeckten, wie ich sie durch die Hecke beobachtete, und ich wurde rot, weil sie mich ertappt hatten. Aber ich blieb. Ihre Stimmen umhüllten mich mit Wärme.

»Sie wird unser Geschäft noch erben«, hatte Jissachar einmal zu Jona gesagt oder Jona zu Jissachar. Er wusste ja nicht, dass ich andere Träume hatte, dass ich dort stand und hoffte, Chajales Mutter würde bald sterben.

Das Zusammentreffen mit den Toten erwärmte mein Herz. Ich versank in Nostalgie und erzählte Dorit, wie sehr ich mir gewünscht hatte, meine Mutter würde Jona und Jissachar heiraten, und wie ungerecht ich es fand, dass Chajale sogar einen Vater in Reserve hatte und ich überhaupt keinen. Ich erzählte ihr, dass ich mich großzügigerweise auch mit einem einzigen Fink zufriedengegeben hätte. »Nach Jonas Tod«, bekannte ich, »hatte ich Angst, an Chajales Haus vorbeizugehen. Ich dachte, meine Wünsche wären schuld gewesen an dem, was passiert war.«

Dorit lachte. »Was hast du bloß? Hast du vergessen, dass bei uns im Viertel der Tod nicht das Schlimmste war?« Ich lachte auch.

Ein aufgeregter Hund sprang aus seiner Hütte im Nachbarhof und bellte uns an. Ich wich mit einem Satz zurück.

»Früher haben auch die Hunde uns gekannt«, sagte ich zu Dorit. Dann fügte ich nach kurzem Schweigen hinzu: »Chajale habe ich schon seit mindestens zwanzig Jahren nicht mehr gesehen.«

Dorit reagierte nicht, ihr Blick wurde ausdruckslos und schweifte in die Ferne. Mir kam es vor, als wäre sie plötzlich weggetaucht, als wäre irgendein Schatten auf sie gefallen.

Sie trat auf Chajales Tor zu, fotografierte die Hofecke, in der Jona und Jissachar immer gearbeitet hatten, und steckte dann den Fotoapparat in die Tasche.

Wieder kam mir Chajale in den Sinn. Sie war die Einzige, die mir nie zugesetzt hatte, die mir nie Fragen gestellt hatte. Sie hatte bestimmt nichts gewusst – nichts von meinem Vater und nichts von meinen dunklen Wünschen. Sie war versunken in ihre Tanzerei und das Klavierspielen.

Bevor wir das Haus der Finks hinter uns ließen, streckte ich meinen Kopf noch einmal über die Hecke, starrte in den vertrauten Hof und atmete den grünen Duft der Blätter ein. Ich mobilisierte auch meine Vorstellungskraft, in meinem Kopf erklang Musik. Ich versank in einem Traum und meinte, das Klavierkonzert Nr. 1 von Chopin zu hören.

Mit den Klängen kamen die Geschichten zurück, die ich mir über meinen Vater ausgedacht hatte, und die Träume, die ich damals geträumt hatte, hüllten mich auch jetzt noch schützend ein, ein sonderbares Gefühl von Wohlbehagen umfing mich. Klare Luft strömte in meine Lungen, spendete mir Trost. Mir war, als wäre ich aus einem kalten, dunklen Ort in die warme Sonne getreten.

»Wow! Ich glaube es nicht! Alisa und Dorit sind ins Viertel zurückgekommen!« Brachas Stimme riss mich aus dem Gefühl des Wohlbehagens. Sie musste sofort aus dem Haus gestürzt sein, als sie uns vorbeilaufen sah. Sie wandte sich an mich. »Warum hast du mir nicht geantwortet? Ich habe den ganzen Morgen bei dir angerufen, du wirst es nicht glauben, was ich für dich gefunden habe.«

Sie wedelte mit Papieren, die sie in der Hand hielt. »Schau, das sind die Geburtsurkunden deiner Eltern«, sagte sie atemlos und hielt mir ein Blatt Papier vor die Augen.

Name: Jakob Roża
Name des Vaters: Mosche
Name der Mutter: Rachel
Geburtsort: Stoczek – Polen
Geburtsjahr: 1918

»Nun, wenigstens ist er geboren worden«, fauchte ich.
    Bracha hielt mir aufgeregt auch das zweite Blatt hin.

Name: Helena Hochdorf
Name des Vaters: David
Name der Mutter: Frejde
Geburtsort: Przeworsk – Polen
Geburtsjahr: 1909

Bracha bezog nun auch Dorit in ihre aufsehenerregende Entdeckung ein: »Begreifst du, ihre Mutter hat allen im Viertel erzählt, sie sei 1920 geboren, dabei war es 1909. Ich kenne solche
Lügen. Schließlich bin ich eine Shoah-Expertin«, prahlte sie,
»ich weiß, dass viele Überlebende ihre Biographie verändert
haben, um Arbeit zu bekommen oder um bestimmte Dinge zu
verbergen. Als der Krieg ausbrach, war deine Mutter nicht
neunzehn, sondern dreißig! In so einem Alter besteht durch-
aus die Möglichkeit, dass sie schon verheiratet gewesen war
und Kinder gehabt hatte.« Bracha tankte noch mehr Begeisterung. Die Shoah-Expertin richtete sich stolz auf und fuhr
fort: »Ich habe schon gestern angefangen, Nachforschungen
nach ihrem ersten Mann und den Kindern anzustellen.«

»Meine Mutter wurde 1920 geboren und starb 1990«, sagte ich
das auf, was ich wusste und was auch in ihrem Personal-

ausweis, in ihrer Heiratsurkunde und in ihrer Sterbeurkunde stand.

»Bracha spinnt«, flüsterte mir Dorit wie früher zu.

»Bestimmt gab es noch eine andere Helena Hochdorf in Polen«, sagte ich und gab Bracha die Geburtsurkunde zurück, die sie im Archiv gefunden hatte.

»Was hast du?«, fuhr sie mich an und wiederholte, was ich wusste und in diesem Moment zu vergessen gesucht hatte. »Deine Mutter stammt aus Przeworsk. Und meine Mutter hat mir gesagt, dass du nach deiner Großmutter heißt.« Sie schaute Dorit an. »Frejde, das ist ein jiddischer Name und bedeutet Freude. Fast hätte man sie Simcha genannt. Zum Glück hat meine Mutter vorgeschlagen, den Namen nicht direkt ins Hebräische zu übersetzen, sondern sie wenigstens Alisa zu nennen, die Fröhliche.«

Sie hatte mich zum Schweigen gebracht.

»Wenn sie also 1909 geboren wurde«, sagte Dorit langsam, jedes einzelne Wort betonend, »heißt das, dass sie bei Kriegsausbruch dreißig war, bestimmt war sie da schon verheiratet, und bestimmt hatte sie Kinder.« Sie war zum gleichen Schluss gelangt wie Bracha.

Meine Mutter war verheiratet gewesen.

Sie hatte Kinder gehabt.

»Mama, warum hast du eine Narbe?«, hatte ich sie in einer kalten Mondnacht gefragt, als ich die Narbe auf ihrem Bauch entdeckte.

»Eine Operation«, hatte sie knapp geantwortet.

»Ein Kaiserschnitt?«

»Du bist auf natürliche Art auf die Welt gekommen«, erwiderte sie, öffnete den Kleiderschrank, der in meinem Zimmer stand, nahm ein Nachthemd heraus und zog es an. Ihr Körper war wieder bedeckt.

»Gute Nacht«, sagte sie, machte das Licht aus und verließ das Zimmer.

»Was hat Gott von mir gewollt, dass er mir sie gegeben hat«, hörte ich sie noch auf Jiddisch vor sich hinmurmeln.

Und von mir? Was hat er von mir gewollt?, fragte auch ich.

～

»Was ich wollte, dass du weißt, weißt du«, hörte ich die Stimme meiner Mutter. Eine heiße Welle erfasste mich.

»Sag, hast du das kapiert?«, wandte sich Bracha an Dorit. Sie ließ nicht locker. »Hast du kapiert, dass ihre Mutter sie auf die Welt gebracht hat, als sie vierundvierzig Jahre alt war, noch dazu nach allem, was sie im Krieg durchgemacht hatte? Ein Wunder, wirklich ein Wunder!« Mit einem Blick auf mich sagte sie: »Und bestimmt hatte sie Geschwister, vielleicht hat ja eines von ihnen überlebt!«

Bracha spinnt, versuchte ich mich zu beruhigen.

～

»Gestern habe ich meine Periode bekommen«, hatte mir Bracha während des Turnunterrichts in der siebten Klasse zugeflüstert. »Und außerdem ist ein Bruder von Chajale im Krieg umgekommen.«

»Mama, hatte Chajale einen Bruder?«, fragte ich, als ich von der Schule nach Hause kam.

»Woher soll ich das wissen, bin ich ihre Mutter?«, fragte meine Mutter verwundert.

»Ich auch?«, fragte ich halb erstickt.

»Was du auch?«

»Hatte ich auch …«, stotterte ich.

»Du bist die einzige Tochter, die mir geboren wurde.« Ihr Blick durchbohrte mich, dann drehte sie mir den Rücken zu und schloss sich in der Küche mit ihrem Hackbrett und ihrem reichen Schatz an Gemüse ein.

Schade, dass ich dir geboren wurde!, schrie ich ihr in Gedanken hinterher, legte die Arme um den Körper, floh in mein Zimmer und konnte mich nicht beruhigen.

Und einen Sohn? Hattest du einen Sohn, Mama?

Mama, hatte ich einen Bruder?

»An alle, die es angeht«, hatte ich an jenem Abend in mein Heft geschrieben. »Ich habe einen Bruder, der Schmiel heißt, er wurde zum letzten Mal vor vielen Jahren in den Wäldern Polens gesehen. Er war damals ein kleiner Junge, trug einen zerrissenen Mantel und abgetretene Schuhe. Er hat braune, traurige Augen und schwarze Locken, er spricht Jiddisch und Polnisch, heute muss er schon erwachsen sein. Jeder, der weiß, wo er sich aufhält, oder der ihn trifft, wird gebeten, ihm zu sagen, dass er in Israel, in Tel Aviv, eine Mutter hat. Und er hat auch mich. Vielen Dank im Voraus und Grüße, seine Schwester.«

»Sag mal«, hörte ich Bracha dicht neben meinem Ohr sagen, »hast du eine Ahnung, warum sie ihr Alter gefälscht hat? Weißt du etwas? Glaubst du, dass dein Vater es gewusst hat? Vielleicht hat sie ihn ja angelogen. Kapierst du, dass sie neun Jahre älter war als er?«

Ihr Gesicht war meinem sehr nahe, mir fiel auf, dass sie keine Falten hatte, die Zeit konnte ihr offenbar nichts anhaben. Und ihr Blick war noch immer so erstaunt und begeistert wie früher, als wir Kinder waren.

Bracha spinnt, hatten immer alle gesagt.

Plötzlich rührte sie mich. Auch heute ist sie noch so einsam wie damals, dachte ich. Ich lächelte sie an.

Bracha hielt mir wieder die Geburtsurkunden meiner Eltern hin und erging sich in Erklärungen. Mein Mitleid verschwand.

»Genug, Bracha«, wurde sie von Dorit unterbrochen, die mich schützen wollte. »Du bringst sie um. Du fällst wie schwere Artillerie über sie her.« Sie wandte sich an mich. »Komm, wir gehen.« Sie versuchte mich aus dem Minenfeld zu retten.

Meine Mutter war 1920 geboren, sie war neunzehn, als der Krieg ausbrach. Mit zweiunddreißig Jahren heiratete sie meinen Vater. Ich räumte alles Hinderliche aus dem Weg, holte mir die Mutter zurück, die ich mein Leben lang gehabt hatte, die junge Frau und den jungen Mann, die die Shoah überlebt hatten, allein in der Welt zurückgeblieben waren, in Israel einwanderten, sich im Kibbuz begegneten und ineinander verliebten. Ich kehrte zu der Geschichte zurück, aus der ich mir meine Familiensaga gebaut hatte.

»Brachale, das Essen steht auf dem Tisch!«, hörten wir plötzlich, wie früher, Golda Poschibuzki rufen.

»Wollt ihr mit uns essen?«, fragte Bracha.

Ich schwankte zwischen Ja und Nein. Ich wusste einfach nicht, was ich lieber wollte – zu wissen oder nicht zu wissen.

»Wirklich nicht«, antwortete Dorit auch in meinem Namen und zog mich am Arm.

Bracha gelang es, die Geburtsurkunden meiner Eltern in meine Tasche zu stopfen. »Du wirst ebenfalls bald von mir hören«, versprach sie Dorit, dann hüpfte sie die Stufen zu ihrem Haus hinauf, zu der Mahlzeit, die ihre Mutter gekocht hatte.

»Ich hätte für mein Leben gern einen Kaffee«, sagte Dorit und deutete auf das Café in der Nähe des Friedhofs. »Es tut mir leid, dass ich dich ins Viertel geschleppt habe«, entschuldigte sie sich dann. »Fang jetzt bloß nicht an in der Vergangenheit herumzustochern. Schau dir doch Bracha an«, sagte sie warnend. »Deine Mutter wird nicht mehr lebendig, dein Vater wird nicht mehr lebendig, das bringt alles nichts. Was war, war.«

Im Café bestellte Dorit zwei Milchkaffee und zwei Zimtrollen.

»Ich möchte dir etwas erzählen, was ich noch nie jemandem erzählt habe.« Beim Sprechen trommelten ihre Finger auf den Tisch. »Als wir in der vierten Klasse waren, bin ich einmal mit meiner Mutter zum Carmel-Markt gefahren.« Sie schaute sich um, sie prüfte, ob auch niemand zuhörte, dann fuhr sie fort: »Am Eingang zum Markt rief jemand ihren Namen. Meine Mutter versuchte ganz offensichtlich, die Frau zu ignorieren, aber meine Neugier war geweckt. Ich verlangsamte meine Schritte, drehte mich um und gab der Frau damit die Möglichkeit, uns einzuholen. ›Du weißt, wer ich bin‹, sagte sie zu meiner Mutter, sie stand ganz dicht vor ihr, ihre Nasen berührten sich fast. Sie schaute meine Mutter durchdringend an. ›Ich bin die Schwester von Rachel.‹ Meine Mutter erstarrte. Dann sagte die Frau: ›Ich hoffe, dass du noch hörst, wie meine Rachel um ihr Leben gefleht hat, wie sie dem deutschen Schwein schwor, dass nicht sie es war, die das Brot gestohlen hatte, wie sie gebettelt hat, der Dieb solle sich melden, aber du hast geschwiegen, auch als man sie aufgehängt hat, hast du geschwiegen. Und wenn deine Kleine nicht hier wäre‹, fuhr sie fort und packte mich an der Schulter, ›hätte ich dir noch etwas gesagt. *Tfu!‹* Die Frau warf meiner Mutter einen eindeutigen Blick zu und spuckte auf den Boden. ›Gojim hat sie geliebt. *Tfu!‹*« Dorit seufzte. »Sie hat Rücksicht auf mich genommen, ha. Aber bis heute erinnere ich mich an die kleinen grauen Augen, die sich wie Dolche in meine Mutter bohrten und mir so wehtaten wie Tausend Nadeln. Danach kehrten wir nach Hause zurück.« Dorit senkte den Blick. »Und meine Mutter ging ins Badezimmer. Drei Tage im Badezimmer mit Kopfkissen, Decke und stinkendem Nachthemd. Und wieder bin ich zu dir gelaufen, zu Fejge, zu Chajale, zu allen Nachbarn. Bis heute erinnere ich mich an alle Toiletten des Viertels. Ich habe auf allen gesessen, ich habe zu jedem gesagt, unser Klo wäre verstopft, der Klempner wäre nicht gekommen. Diese Ausrede konnte ich in jedem Haus allerdings nur einmal anbringen, ich hatte Angst, jemand könnte misstrauisch werden. Eigentlich habe ich nur bei euch gesagt, dass meine Mutter im Badezimmer ist, nur deine Mutter hat es gewusst. Trotzdem hatte ich Angst, zu euch zu kommen, wegen dir, wegen deiner Neugier, ich hatte Angst, du könntest die Wahrheit herausfinden. Was warst du doch für eine Plage!« Sie fand es offenbar an der Zeit, mir ein Kompliment zu machen. »Du warst eine, die fragte und fragte. So einer gegenüber konnte man nur schweigen, so wie deine Mutter es getan hat.«

Dorit verstummte plötzlich, als wäre sie selbst erschrocken über den Monolog, mit dem sie mich überschüttet hatte. Sie wandte den Kopf zur Seite und ihr Blick fiel auf die Uhr an der Wand gegenüber. Sie sprang auf. »Ich muss jetzt los, sonst komme ich zu spät zu meiner Nachtschicht.« Ihre Stimme klang gehetzt.

Ihre Worte waren mir in die Seele gefahren. Ich spürte, nun könnte ich den schwarzen Löchern in mir nicht mehr ausweichen. Mir war klar, dass ich es wissen musste, dass ich die Leere nicht länger aushielt. Das, was ich ihr sagen wollte, blieb mir im Hals stecken, ich hatte das Gefühl, in einem Schmelzofen zu sitzen.

»Bist du in Ordnung?«, erkundigte sich Dorit und schaute mich prüfend an. Und wieder entschuldigte sie sich, dass sie mich zum Besuch des Viertels überredet habe und nun gehen müsse. »Ich habe mich hinreißen lassen«, sagte sie, um den Wortschwall zu erklären, der aus ihr herausgebrochen war. »Aber es war mir wichtig, dir klarzumachen, dass man nicht alles wissen muss.«

Mir wurde klar, dass dies nicht der richtige Zeitpunkt war, ihr etwas zu sagen. Sie sollte lieber endlich gehen. So schwieg ich und lächelte.

Ich dachte an meine Mutter und an all diejenigen, die ihre Augen verdrehten und den Blick von mir abwandten, die mir keine Antwort gegeben hatten, die mir auf vielerlei Art und Weise bedeutet hatten, dass man nicht alles wissen müsse.

Ich wollte, dass sie jetzt aus meiner Erinnerung verschwanden, dass sie mich nicht länger daran hinderten, etwas zu wissen.

»Ich habe deine Mutter sehr geliebt«, sagte Dorit, und obwohl sie die Tasche bereits über die Schulter gehängt hatte, setzte sie sich noch einmal. »Deine Mutter war die Einzige, die spät nachts bei meiner Mutter im Badezimmer saß, die auf sie aufpasste und sie überzeugte, dass es sich trotz allem lohnte zu leben.«

Dorit rutschte unruhig auf ihrem Stuhl hin und her, sie wirkte aufgewühlt.

»Ich stand hinter der Tür, spähte hinein und lauschte. ›Wie geht es dir? Ich meine, abgesehen von der Gesundheit‹, fragte deine Mutter meine Mutter und versuchte, sie zum Reden zu bringen.«

Ich sah die beiden vor mir, die eine im Nachthemd mit einem Kissen und einer Decke in der Badewanne, die andere im Kostüm, mit Perlenkette und dazu passenden Ohrringen auf dem Badewannenrand.

»Hat meine Mutter etwas gesagt?«, fragte ich. »Hat sie etwas über sich selbst erzählt?« Sehnsucht überschwemmte mich.

»Über sich selbst? Nein, nichts. Sie ist nur gekommen, um meiner Mutter zu helfen«, antwortete Dorit. »Und wenn meine Mutter geredet hat, hat deine Mutter nur zugehört. Die meiste Zeit haben beide geschwiegen, aber am Schluss hat meine Mutter angefangen zu reden, und diese Sache mit dem Brot – meine Mutter hat ihr erzählt, dass sie es gestohlen hatte, aber nicht für sich selbst. Das Brot hatte sie für Fejge gestohlen, die damals an Typhus erkrankt war.«

Dorit schluckte. »Du weißt es bestimmt nicht, aber wegen

deiner Mutter habe ich beschlossen, Krankenschwester zu werden«, sagte sie, bevor sie aufstand und sich wieder entschuldigte, dass sie jetzt unbedingt gehen müsse.

»Sag mir«, brachte ich heraus, bevor sie verschwand, »warum eigentlich hast du mir in all den Jahren nicht erzählt, was du über mich wusstest?«

Es war die Frage, die ich jahrelang unterdrückt hatte. Jetzt war sie heraus.

»Was habe ich dir nicht erzählt?«

Mir wurde klar, dass sie völlig verblüfft war, dass sie die Frage nicht verstand. In ihren Augen erkannte ich den sich entziehenden Blick meiner Mutter.

Doch diesmal wollte ich mir keine beruhigenden Geschichten ausdenken. Ich wollte die Erinnerungen an meine Kindheit festhalten, Hinweise entdecken und Details sammeln. Ich wollte für mich eine geordnete Biographie, ich wollte die Dinge so sehen, wie sie in Wirklichkeit waren, und nicht, wie ich sie mir zusammengeträumt hatte. Ich blieb sitzen. Ich musste mich beruhigen.

Eine alte Frau mit einer Gehhilfe betrat das Café, begleitet von einer philippinischen Pflegerin, und näherte sich meinem Tisch.

»Wer bist du?«, fragte sie mich.

Da hat die Alte ja den richtigen Zeitpunkt gefunden, mir diese Frage zu stellen, dachte ich und musste lachen.

»Sie sitzt auf meinem Platz«, beklagte sie sich bei ihrer Pflegerin.

Die Kellnerin kam und bedeutete mir pantomimisch, was kann man machen, die alte Frau sei leider schon völlig verdreht.

»Ich bin Alisa«, sagte ich und wollte der Frau meinen Platz überlassen, um dem Alter die gebührende Ehre zu erweisen.

»Nun, nun, bleib sitzen«, sagte sie großzügig.

Sie kommt mir bekannt vor, dachte ich, aber es fiel mir nicht ein, wer die Alte in dem grauen Seidenkostüm und mit der schweren Bernsteinkette war. Ihre dünnen, grauen Haare lugten unter einem breitrandigen Strohhut hervor, und ihre nackten Arme waren übersät von Altersflecken.

»Bist du krank?«, fragte sie mich.

»Nein, warum?«, sagte ich erschrocken.

»Sie ist sehr blass«, sagte sie zu ihrer Pflegerin und setzte sich an den Nachbartisch, direkt neben mich.

Wieder schaute ich sie an. Ich schätzte sie auf über achtzig. Ihr Gesicht war faltig, die kleinen Augen lagen tief in den Höhlen, ihre Lippen waren rot angemalt. Sie beugte sich zu mir. »Hier gibt es einen Arzt«, sagte sie besorgt und deutete in die Richtung von Dr. Wollmanns Praxis. »Du solltest zu ihm gehen.« Dann drehte sie sich zu ihrer Pflegerin. »Jetzt *rosinkes*!«, befahl sie ihr, die Kellnerin wies sie an: »Und den Kaffee!«

»Einen Milchkaffee für Gitl«, rief die Kellnerin.

Die Mutter von Chajale! Ich schaute sie überrascht an. Es war fast dreißig Jahre her, seit ich sie das letzte Mal gesehen hatte.

»Wer bist du?«, fragte sie erschrocken, als sie merkte, dass ich sie erkannt hatte. Als fürchtete sie, ich wollte sie an den Feind ausliefern. »Woher kennt sie mich?«, fragte sie ihre Pflegerin flüsternd.

»Ich bin Alisa, die Tochter von Helena«, sagte ich. Ich war nicht sicher, ob sie verstand, wer ich war, doch sie beruhigte sich jedenfalls und aß Rosinen aus einer rissigen Plastik-dose.

»Wie geht es dir?«, fragte ich aufgeregt.

»Nun, solange man lebt, kann man auf den Tod hoffen«, antwortete sie.

Ich fing an zu lachen.

»Du weißt, mein Mann ist gestorben«, fuhr sie fort und bot mir Rosinen aus ihrer Dose an. Aus Höflichkeit nahm ich eine Handvoll.

»Kein weiteres Leid möge dich treffen«, sagte ich.

»Also wirklich, nur wenn ich sterbe, trifft mich kein weiteres Leid«, antwortete sie bitter. »Sag deinen Eltern, dass mein Jissachar gestorben ist.«

»Aber meine Eltern sind auch tot«, erinnerte ich sie.

»*Narisch kind*«, sagte sie verächtlich, »Dummkopf, das war mein Mann Jona, der gestorben ist, und auch mein Sohn, mein kleiner Junge, ist im Krieg geblieben.«

Ja, dachte ich, das weiß ich.

»Du weißt von meinem Sohn?« Sie starrte mich mit einem Röntgenblick an. »Wer hat dir etwas erzählt?«

Ja, wer? Wer hat mir etwas erzählt? Vielleicht weißt du ja, ob meine Mutter auch einen kleinen Jungen hatte, der im Krieg geblieben ist? Ich erstickte fast an dieser Frage. Vielleicht erinnerst du dich an meinen Vater? Vielleicht kannst du mir erklären, warum mir keiner je etwas gesagt hat?

»Also, wie geht's deiner Mutter?«, fragte Gitl plötzlich und schob mir noch einmal die Dose mit Rosinen hin, und als ich mir nur ein paar herausnahm, wurde sie zornig und verlangte, ich solle mehr nehmen.

»Meine Mutter ist tot«, erinnerte ich sie und saß da, mit der Hand voller Rosinen.

»Soso, ich habe sie erst gestern bei Itta gesehen«, sagte sie streitbar.

»Wenn es nur so wäre«, platzte ich heraus. »Ich hätte einiges, was ich sie fragen möchte.«

»Sie ist eine kluge Frau«, sagte sie lobend über meine Mutter.

»Kennst du sie gut?«, fragte ich.

»Natürlich, ich sehe sie jeden Tag in der Krankenkassenambulanz. Sie arbeitet dort.«

Nichts hatte sich geändert, sagte ich mir, hier im Viertel blieben auch die Toten am Leben.

»Sie ist Krankenschwester«, informierte sie mich. Und dann fragte sie: »Und was machst du so?«

»Ich schreibe.«

»Was schreibst du?«

»Bücher.«

»Aha.« Sie hob die Augenbrauen. »Du schreibst, na gut, alle schreiben.« Sie erklärte ihrer Pflegerin: »Die Juden sind ein gebildetes Volk.« Dann fragte sie mich: »Was für Bücher hast du geschrieben?«

Ich sagte es ihr.

»Kenne ich nicht«, erklärte sie mit Nachdruck. Dann sagte sie zur Pflegerin: »Helena hat den Kopf eines Ministers. Ihre Tochter hätte Ministerpräsidentin werden müssen, wie Golda Meir.« Sie wandte sich wieder an mich. »Und du? Du schreibst. Na gut, worüber schreibst du?«

»Über Helena.«

»Also wirklich«, schimpfte sie, »sie will bestimmt nicht, dass man über sie schreibt, sie mag nicht, wenn man über sie spricht, bei ihr ist alles Schsch. Dann schreibst du wohl auch noch über ihren Mann?« Die Kaffeetasse, die sie in der Hand hielt, zitterte, Kaffee schwappte heraus. »So eine Frech-heit!«, fuhr sie mich an. »Sogar als ihr Mann gestorben ist, hat Helena noch nicht mal Schiwa gesessen, weil ihr Mann ein Geheimnis war.« Sie erzählte ihrer Pflegerin, die mit einem Tuch den verschütteten Kaffee aufwischte, der vom Tisch rann und auf Gitls Seidenkostüm tropfte: »Als er lebte, war er ein Geheimnis, und als er gestorben war, war er auch ein Geheimnis.«

»Was für ein Geheimnis?«, bedrängte ich sie.

»Nun, wirklich«, sagte sie erstaunt. »Das war ein Geheim-nis.« Sie füllte sich den Mund mit Rosinen.

»Ich kannte die ganze Familie«, sagte sie zu ihrer Pflegerin, dann schimpfte sie auf sie ein, sie solle aufhören, sie mit einem unsauberen Tuch schmutzig zu machen.

Ich lächelte sie traurig an. Mir war klar, dass sie verwirrt war, dass ihre Erinnerungen ein einziges Durcheinander waren.

»Nancy, ich muss zu Helena gehen«, sagte Gitl plötzlich und machte ein erschrockenes Gesicht. »Ich spüre einen Druck. Hier.« Sie deutete auf ihr Herz.

Nancy lächelte mir zu, offenbar kannte sie Gitls Beschwer-den. »Gut, gut«, sagte sie.

»Wir gehen«, verkündete Gitl und stellte ihre Tasse auf den Tisch. »Wir gehen zu Dr. Wollmann und Helena.« Damit ver-abschiedete sie sich von mir.

Als ich das Café verließ, trug der Wind draußen einen Geruch mit sich, den ich liebte, den Geruch nach Stadt und Früh-lingsblüte. Es dämmerte schon. Ich schaute auf das Viertel. Ein Viertel wie alle Viertel, sagte ich mir, und trotzdem gelang es mir nicht, es hinter mir zu lassen. Dieses Viertel trieb mich in meine Erinnerungen, hielt mich fest. Mein früheres Leben war wieder da, nichts war in mir gestorben.

Lange stand ich so da. Mein Herz sagte mir, es ist an der Zeit, sich zu erinnern, zu wissen. Ich erschrak. Man kann nicht nach Hause zurückkehren, wenn das Zuhause nur noch in der Mottenkiste der Erinnerung existiert. Das war eine Formulierung aus einem der Reisebücher, die ich gelesen hatte. Mit der Mottenkiste der Erinnerung fuhr ich nach Hause.

Zu Hause warf ich meine Tasche mit den Geburtsurkunden meiner Eltern auf den Schreibtisch.

Hier kämpfte ich um das Leben danach, hier versuchte ich mit aller Kraft, zwischen meinem früheren und meinem heutigen Leben zu trennen, meinen Mann und die Kinder davon fernzuhalten. Ich lebte, wie meine Mutter es mir befohlen hatte – ohne Vergangenheit. Ich lebte für das Heute und für das Morgen. Doch auf einmal hatte dieses Mantra seine Kraft verloren.

Alle paar Minuten zog ich die Geburtsurkunden meiner Mutter und meines Vaters aus der Tasche und steckte sie wieder zurück.

»Ich schlage vor, du legst auch ihre Sterbeurkunden auf den Tisch«, mischte sich mein Mann plötzlich ein. Wie meine Mutter mochte auch er es nicht, in die Vergangenheit zurückzukehren.

»Was wirst du schon finden?«, fragte er.

»Wenn ich alt und welk bin, werde ich zumindest eine Biographie haben«, antwortete ich.

»Was ich wollte, dass sie weiß, weiß sie«, erinnerte er mich an den Satz, den meine Mutter vor ihrem Tod auch zu ihm gesagt hatte.

Dann hat sie es eben gesagt, antwortete ich ihm und ihr schweigend. Dann setzte ich mich an meinen Computer.

Mein Vater wurde 1918 in eine Familie geboren, die groß an Zahl war, und im Lauf der Zeit wurde aus ihr eine große Zahl an Vernichteten.

Meine Mutter wurde 1909 geboren, zur Zeit des Kriegs verlor sie vermutlich Mann und Kinder.

Nach dem Krieg wanderte mein Vater wie auch meine Mutter nach Israel aus, sie lernten sich in einem Kibbuz kennen, heirateten 1952 und zogen nach Tel Aviv. 1953, im Jahr meiner Geburt, war mein Vater weg, wurde aber dann und wann noch einmal gesichtet, wie er sich hinter einem Gebüsch in der Nähe des Kindergartens versteckte, in Fejges Küche und auch bei uns zu Hause, bis er für immer und ewig verschwand.

Mir war heiß. Eine neue Geschichte meines Lebens nahm in meinem Kopf Gestalt an und verdrängte die früheren, die ich mir ausgedacht hatte.

Spät in der Nacht nahm ich aus dem alten Album das Foto der Krakowiak-Tänzerin und stellte es auf das Regal in meinem Arbeitszimmer, neben die anderen Familienfotos.

»Was ist das?«, fragte mein Mann am nächsten Morgen, als er das Foto bemerkte.

»Familienzuwachs«, sagte ich.

»Herzlichen Glückwunsch«, sagte er und lächelte.

Das Klingeln des Telefons zerriss die morgendliche Stille. Bracha, dachte ich, bevor ich den Hörer abnahm. Ich hatte mich nicht geirrt.

»Ich habe eine Frau gefunden, die deine Mutter noch vor dem Krieg gekannt hat, diese Frau lebt in einem Kibbuz, und du wirst es nicht glauben, was für ein Zufall! Der Kibbuz ist nur fünf Minuten von Dorits Gästezimmern entfernt! Es hat mich fertiggemacht, du wirst es nicht glauben, fix und fertig.«

Auch mein Mobiltelefon klingelte. Ich sah auf dem Display Dorits Nummer. Warum, wer war jetzt gestorben?, fragte ich mich und beendete schnell das Gespräch mit Bracha.

»Bracha hat uns das beschert.« Dorits Stimme klang zufrieden.

»Was denn?«, erkundigte ich mich.

»Ich habe verstanden, dass du Ada Surewitsch treffen willst, eine Jugendfreundin deiner Mutter. Aksam hat dir schon ein Treffen mit ihr organisiert, und ich habe dir ein bisschen Verwöhnen organisiert – nach deinem Besuch im Kibbuz erwartet dich hier eine Massage und eine Suite für die Nacht. Du bist also übermorgen hier, um die Mittagszeit!« Dorit bekundete Realitätstüchtigkeit und Freundschaft par excellence, die beste Freundin hatte alles im Griff.

Ich wusste nicht, was tun. Obwohl ich beschlossen hatte, alles wissen zu wollen, war ich unschlüssig. Fahren oder nicht fahren? Das Für und das Wider kämpften in mir. Vielleicht hatte man mir nichts gesagt, um mich zu schützen? Vielleicht gab es ein Geheimnis, das ich besser nie erfahren sollte? Immer hatten alle betont, wie klug meine Mutter war, bestimmt hatte sie gewusst, was sie tat.

»Nur wenn du kommst, wirst du Bracha los«, sagte Dorit lachend. Und sachlich fügte sie hinzu: »Und es gibt nur eine Ada Surewitsch. Sie ist bestimmt die Letzte auf der ganzen

Welt, die deine Mutter in ihrer Jugend gekannt hat, und bald wird sie ebenfalls verschwinden.«

Während Dorit redete, wurde mir klar: Leben ohne eine Biographie ist wie Leben ohne ein Bein, ohne ein Auge, ohne eine Niere. Ich würde fahren.

»Hallo, bist du noch da?«, hörte ich Dorit fragen.

»Ich bin übermorgen da«, sagte ich.

5

Also dort in der Scheune haben sich deine Eltern kennen-gelernt.« Dorit deutete auf den Kibbuz gegenüber.

»Vermutlich eher in der Sanitätsstation«, entgegnete ich.

»Jüdisch-polnische Romantik.« Dorit lachte. Ihre Stimmung hatte sich seit unserem letzten Zusammentreffen gebessert. Sie wirkte gelöst, frei wie der Wind über dem Weizenfeld, schoss mir ein zum Emek passendes Bild durch den Kopf.

»Ich habe Aksam gebeten, dich in den Kibbuz zu begleiten. Nach meinem Nachtdienst muss ich mich um die Gäste-zimmer kümmern. Aber ich habe dir, wie versprochen, ein Zimmer reserviert und dir auch eine Massage vor dem Schlafen-gehen organisiert.«

Ich hatte nicht vor, hier zu übernachten, aber ich schwieg. Warum sollte ich sie jetzt enttäuschen? Alles zu seiner Zeit. Ich hatte vor, sie erst nach meinem Besuch im Kibbuz von meinen Plänen in Kenntnis zu setzen. Zusammen mit Aksam machte ich mich auf den Weg in den Kibbuz.

∼

»Bitte, sag mir zum Abschied wenigstens *schalom*«, hatte ich meine Mutter an dem Tag gebeten, als ich meinen Militär-dienst antrat, ich hatte mich zu einer Einheit gemeldet, die Kibbuzim im Grenzgebiet bewachte.

Meine Mutter hatte geschwiegen. Sie versuchte in der Küche mit einem alten, verrosteten Dosenöffner den Widerstand einer Sardinenbüchse zu brechen.

»Ich werde im Kibbuz wohnen«, schrie ich laut.

Ich wollte, dass sie reagierte.

Es war die Büchse, die reagierte. Sie gab die Sardinen frei.

»*Schalom*«, schrie ich.

Drei Jahre lang war ich im Kibbuz.

Drei Jahre lang kam meine Mutter nicht zu Besuch.

Wenn ich nach Hause kam, sagte sie *schalom*, wenn ich ging, sagte sie *schalom*, und in der Zeit dazwischen schwieg sie.

Nur wenn ich Freunde aus dem Kibbuz mitbrachte, brach sie ihr Schweigen.

»Banditen«, zischte sie vor sich hin.

»Sie sind das Salz der Erde«, korrigierte ich sie.

»Euer Salz der Erde haben sie in meine Wunden gestreut«, sagte sie ohne weitere Erklärung. Ihr Gesicht war plötzlich grau geworden, zwei tiefe Furchen gruben sich in ihre Stirn.

»Du bist verrückt«, schrie ich sie an.

»Warum schreit sie so«, murmelte sie. »Am Ende wird sie Gott noch aufwecken!«

In einem kleinen Altersheim mit zerbrochenen Dachziegeln empfing uns Sarit, die Sozialarbeiterin des Kibbuz, eine schwerfällige, etwa dreißigjährige Frau mit müdem Blick. Wir betraten einen schmalen, engen Raum voller Tische mit Teetassen, es roch nach Medikamenten. Zehn alte Leute saßen hier und stierten vor sich hin, völlig reglos, als wären sie Teil einer Installation.

»Das ist Ada Surewitsch«, sagte Sarit. Die alte Frau bedeutete mir mit einer Handbewegung, mich auf den leeren Stuhl zu setzen, der neben ihr bereits auf mich wartete.

»Haben Sie meine Mutter wirklich schon vor dem Krieg gekannt?«, fragte ich sie ohne Umschweife.

»Fast«, antwortete sie laut und deutlich.

»Was heißt das: fast?«, wollte ich wissen.

»Sie hat in Krakau gewohnt, neben dem Marktplatz.« Ihre Augen, die hinter ihrer großen Männerhornbrille kaum zu sehen waren, musterten mich von Kopf bis Fuß. »Ich habe ebenfalls dort in der Gegend gewohnt«, sagte sie würdevoll, »das war der schönste Teil von Krakau, neben der großen Kirche.« Sie war sichtlich stolz auf ihre früheren Besitztümer. »Als ich ein kleines Mädchen war, wollte ich immer in die Kirche gehen. Na ja, wer wollte nicht in die Kirche gehen? Bei uns, weißt du, ist eine Synagoge ja eigentlich nicht mehr als ein Ort, wo man sich versammelt – wie hier, schau dich um …« Ihr Blick wanderte durch den Aufenthaltsraum.

»Sie haben sie also nie dort getroffen«, sagte ich und musste über mich selbst lachen, über meine Hoffnungen und Wünsche.

»Dort nicht«, stellte sie richtig. »Aber hier, hier habe ich sie getroffen. Und Jakob auch.«

»Sie haben meinen Vater gekannt?« Ich klammerte mich an das, was ich vielleicht bekommen konnte.

»Fast gar nicht«, entgegnete sie. »Er war sehr krank. Der Ärmste, er wollte bleiben, er wollte Mitglied im Kibbuz werden, aber man hat ihn nicht genommen.« Ihre Augen wanderten über die vor sich hindämmernden menschlichen Exponate im Raum.

»Warum nicht?«, fragte ich elektrisiert.

»Du musst verstehen, es ist heute nicht so, wie es einmal war. Früher hat man hart gearbeitet. Und er, *nebbech*, konnte wegen seiner Krankheit nicht so arbeiten, wie es nötig gewesen wäre. Wir brauchten hier Leute, die Pflug und Waffe mit starker Hand zu führen vermochten, wir brauchten kräftige junge Frauen und Männer.« Um zu demonstrieren, was sie meinte, hob sie den Arm, spannte ihre schlaffen Muskeln und warf mir einen schelmischen Blick zu.

»Teig«, sagte sie und lächelte angesichts ihrer jetzigen schändlichen Schwäche. »Aber früher war ich so, wie es nötig war.« Und mit einem plötzlich erwachten Interesse fragte sie: »Du bist also hergekommen, um im Kibbuz zu leben?«

»Ich habe schon mal in einem gelebt.« Ich lächelte.

»Und wer ist das?«, wollte sie wissen. Sie machte eine Kopfbewegung zu Aksam hinüber.

»Der Freund einer Freundin«, antwortete ich.

»Ein schöner Mann«, stellte sie fest. »Einer der unsrigen?«

»Ja«, sagte ich. »Natürlich.«

»Wird er in den Kibbuz kommen?«

»Vielleicht«, sagte ich.

Aksam lachte.

Ada reckte den Hals und näherte ihren Mund meinem Ohr. »Deine Mutter hat diese Leute hier nicht gemocht«, flüsterte sie. »Deine Mutter hat den Kibbuz nicht gemocht. Nachdem die Versammlung abgestimmt hatte, Jakob nicht als Mitglied zu akzeptieren, stellte sie sich mitten in den Speisesaal und brüllte wie eine Verrückte: Ihr macht hier eine Selektion wie die Deutschen!« Ada hatte die Stimme erhoben. Alle Augenpaare im Zimmer richteten sich auf sie.

»Erinnert ihr euch?«, fragte sie die Alten, die sie anstarrten. Es blieb still.

»Sie war ein bisschen, wie soll ich sagen, nicht in Ordnung«, sagte Ada, nun wieder im Flüsterton.

»Wie nicht in Ordnung? War sie verrückt?« Die Frage rutschte einfach aus mir heraus.

»Nach dem Krieg waren alle irgendwie verrückt«, sagte Ada. »Sie war eine kluge Frau. Sie hat damals schon verstanden, dass ein Kibbuz nicht der richtige Ort für sie ist. Die Vollversammlung bestimmt, das Arbeitsverteilungskomitee bestimmt, und sie selbst bestimmt gar nichts. Also hat sie eines Tages ihren Kranken genommen und ist nach Tel Aviv gezogen. Schade, dass du nicht rechtzeitig gekommen bist«, sagte sie abschließend.

»Was heißt rechtzeitig?«

»Vor mindestens zwanzig Jahren«, sagte sie.

Ich schaute sie erstaunt an.

»Damals war Chajmke Ungar noch am Leben. Man sagt, Chajmke hat deine Mutter heiraten wollen.« Ada lächelte und die Brille rutschte über ihre lange Nase. »Aber nach der Versammlung mit der Selektion war deine Mutter böse auf Chajmke. Sie hat zu ihm gesagt, wenn dieser da nicht bleibt, dann geht sie. Und weißt du was? Sie hat tatsächlich Jakob genommen, ist gegangen und nie mehr in den Kibbuz zurückgekommen.«

»Gibt es hier noch jemanden, der die beiden gekannt hat?«, fragte ich, als mir klar wurde, dass weder von Ada Surewitsch noch von Chajmke Ungar, seligen Angedenkens, ein erlösendes Wort zu erwarten war.

»*Mejdele*, jetzt fällt es dir ein zu fragen? Sie haben den Kibbuz vor über fünfzig Jahren verlassen«, wies mich Ada zurecht. »Alle, die deinen Vater und deine Mutter gekannt haben, sind schon gestorben, und diejenigen, die noch am Leben sind, haben sie nicht wirklich gekannt.«

Mein Herz zog sich zusammen.

»Auch ich ..., was denkst du, nun ja«, rechtfertigte sie sich, »ich habe deine Mutter ein paarmal gesehen, ich war damals schwanger, ich muss zugeben, dass sie mich sehr gut versorgt hat. Weißt du, nach dem Krieg war ich knochendürr, ich hatte Angst, mein Kind würde nicht in Ordnung sein. Deine Mutter hat mir Ruhe verordnet, sie hat dafür gesorgt, dass ich eine Arbeit beim Zusammenlegen der Wäsche bekam. Als mein Bauch immer dicker wurde, legte ich die Babystrümpfchen darauf und rollte ein Paar nach dem anderen zusammen.« Sie lächelte. »Letztlich ist sie weggegangen, um den Leuten im Kibbuz zu zeigen, dass man hier, im Land der Juden, keine Selektionen macht, deshalb ist sie weggegangen, und das war's.«

Das Licht im Aufenthaltsraum war kalt, es flimmerte mir vor den Augen. Mir fiel ein, dass Dorit versprochen hatte, mir eine Massage zu organisieren.

»Dorit hat gewusst, was sie mir versprechen musste«, flüsterte ich Aksam zu. Ich wollte möglichst schnell hier weg.

»Warten Sie einen Moment«, bat die Sozialarbeiterin. »Bevor Sie gekommen sind, habe ich unseren Archivar gebeten, nach Unterlagen über Ihre Eltern zu suchen. Ich dachte, vielleicht ist ja trotzdem noch etwas da.«

Sie nahm ein vergilbtes Blatt aus einem Ordner mit der Jahreszahl 1952.

Antrag auf Mitgliedschaft im Kibbuz
Antragsteller: Jakob Roża
Geburtsjahr: 1918
Geburtsort: Stoczek, Polen
Sprachen: Polnisch, Jiddisch und Hebräisch
Familienstand: ledig
Einstimmiges Ergebnis der Abstimmung am 11.10.1952:
Nicht angenommen

Ich tastete über die Buchstaben wie ein Blinder über Braille-schrift, ich tastete auch über das Datum. Meine Fingerspitzen brannten vor Schmerz, wie bei einem Stromschlag floss der Schmerz von meinen Fingerspitzen in den Kopf: »12.10.1952. Hiermit bestätigen wir, dass das Paar Jakob Roża und Helena Hochdorf bei uns zur Eheschließung registriert wurde …«

Am Abend hatte die Versammlung stattgefunden, am nächsten Morgen hatten sie den Kibbuz verlassen, am nächsten Mittag beantragten sie die Eheschließung beim Rabbinat von Givatajim und am nächsten Abend waren sie verheiratet.

Als Aksam und ich den Kibbuz verließen, dachte ich: Auf diesem Sandweg, auf dem ich jetzt gehe, sind auch Helena und Jakob gegangen. Sie ging voraus, einen kleinen Koffer in der Hand, er folgte ihr. Ihre Absätze schlugen zornig auf den Weg, er schleppte sich hinter ihr her, erschöpft vom Leben, schaute ab und an zurück. An der Bushaltestelle, an der ich in diesem Moment vorbeikam, waren beide in den Bus nach Haifa gestiegen und von dort nach Tel Aviv gefahren.

»Träumst du?« Aksam zog mich vom Straßenrand auf den Gehweg. Ein Traktor war vor mir aufgetaucht. Ich hatte ihn nicht bemerkt.

»Natürlich träume ich«, sagte ich und kehrte sofort wieder zurück zu den Gedankengespinsten, bei denen ich Trost suchte.

~

Mittags waren die beiden im Viertel angekommen. Itta hatte sie aufgeregt erwartet. Helena stand vor ihr, keine Umarmung, kein Kuss, kein rührendes Wiedersehen. Sie hatten sich vor Jahren getroffen, im Lager, zu Beginn des Kriegs. Dann hatten sie sich aus den Augen verloren.

Helena zog ein Taschentuch aus ihrer Handtasche, Itta eines aus ihrer Schürzentasche, und beide wischten sich über die Augen, die schon so lange keine Tränen mehr hatten.

Jakob streckte die knochige Hand aus und stellte sich vor.

Dann eilten sie zu dem Haus, in dem damals die Zweigstelle des Rabbinats war, dort standen sie vor dem Rabbiner.

»Und wo sind die Zeugen?«, fragte er.

Erst da bemerkten sie, dass Itta nicht mehr bei ihnen war.

Mein Vater senkte den Kopf, meine Mutter schaute geradeaus.

»Dort«, antwortete sie dem Rabbiner.

»Wo?« Er schaute sich um.

»Bei Hitler«, zischte sie.

»Aber man braucht Zeugen«, beharrte der Rabbiner.

»Dann braucht man sie eben«, sagte sie mit starrem Blick.

Die Tür zum Büro ging auf. Zwei Männer traten ein und sagten, Itta habe sie geschickt. »Zeugen: Schmuel Rosenfeld, Wladek Friman«, so stand es unten auf der Urkunde.

Danach kam auch Itta, begleitet von ihrer Schwester Fejge.

Zusammen mit ihnen gingen sie zu dem Haus, das ihr Zuhause werden sollte.

»Das ist euer Zimmer«, sagte Itta.

Sie betrachteten das Zimmer mit den schimmligen Wänden und schwiegen.

»Jedenfalls besser als in Theresienstadt«, sagte Itta tröstend.

»Wir kommen am Abend, um ein Glas auf euch zu trinken«, sagte Fejge, um sie aufzumuntern.

»Alle werden da sein«, versprach Itta.

»Nur ich nicht«, erwiderte meine Mutter.

Als wir bei den Gästezimmern ankamen, stand Dorit in der Küche und hackte Kräuter auf dem breiten Holztisch.

Der Duft von Minze stieg mir in die Nase, von Eisenkraut, Lavendel und Rosmarin.

»Nun, wie war's?«, fragte Dorit und erkundigte sich nach Einzelheiten des Treffens.

Ich brachte kein Wort heraus.

Dorit legte das Messer hin und umarmte mich. »Vielleicht hätte ich dich davon abhalten sollen«, meinte sie. »Aber nach unserem Gespräch im Café hatte ich das Gefühl, du wolltest wirklich etwas über deinen Vater und deine Mutter erfahren.«

Ich schwieg.

Dorit blickte zur Tür hinüber, bedeutete mir, dass ich erwartet wurde, und wandte sich wieder ihrer Arbeit zu.

In der Tür stand ein junger Mann mit dem Körper eines Tänzers der Batsheva Dance Company und forderte mich mit Wisperstimme auf, ihm in den Massageraum zu folgen.

Ich wurde mit Lavendelcreme und aromatischem Öl, das nach Pinien duftete, eingerieben, dann wurden meine Schultern mit geübten Händen massiert. Ich schloss die Augen.

~

Irgendwo dort im Kibbuz hatte es eine Baracke gegeben, in der ein Medikamentenschrank stand, mit Spritzen und Impfserum. An einem Tag im Herbst hatte Helena dort am Fenster gestanden, blond, schmal, mit scharfen Zügen und durchdringendem Blick.

Am frühen Morgen kam ein Mann vorbei, mager, groß und müde. Er schenkte ihr ein kleines Lächeln, das Atmen fiel ihm schwer.

Helena lud ihn ein, einzutreten, sie gab ihm Sirup.

Er konnte wieder atmen, er lächelte erleichtert und ging zur Erntearbeit.

Sie folgte ihm mit dem Blick, bis er auf dem Weg verschwand, der zur Orangenplantage führte.

Helena blieb am Fenster stehen und sah ihn noch vor sich und mit ihm ein anderes Land. Sie atmete den kalten, weißen Geruch von Schnee ein, und ihr wurde warm ums Herz.

»Warum warst du nicht im Speisesaal?«, fragte der Mann, der auch am nächsten Tag wieder auftauchte.

»Sie ist eine ausgezeichnete Arbeiterin, sogar für Essen vergeudet sie keine Zeit«, antwortete an ihrer Stelle Chajmke Ungar, der Kibbuzsekretär, der seinen Arm um ihre Hüfte gelegt hatte und mit dieser Umarmung demonstrierte, dass sie ihm gehörte.

Der Mann lächelte verlegen.

Er ging, sie schwieg.

Gegen Abend erschien er wieder in der Sanitätsbaracke.

Auf dem Tablett, das er in den Händen trug, lagen zwei mit Erdbeermarmelade beschmierte Brotscheiben, neben einem Glas Orangensaft.

Sie lächelte.

»Warum bleibst du Tag und Nacht in dieser Baracke?«, fragte er.

»Das ist die Sanitätsstation des Kibbuz«, sagte sie verwundert.

»Aber warum auch nachts, und warum nur du?«, wollte er wissen.

»So ist das nach dem Krieg«, antwortete sie kurz.

Er hatte verstanden. Gespräche der Kibbuzniks über die Kuh, die ein Kalb geboren hatte, und über den keimenden Weizen machten sie stumm. Es gab keinen Ort, wohin man gehen konnte, niemanden, zu dem man zurückkehren konnte. Was gab es da noch zu sagen.

Schmerz erfüllte ihn.

»Ich heiße Jakob«, stellte er sich vor. Nach einiger Zeit stand er auf und ging.

Spät in der Nacht kam er wieder. Er wurde von heftigem Husten geschüttelt. Er lehnte sich an den Türpfosten, alle Farbe war aus seinem Gesicht gewichen. Sie bot ihm die Behandlungsliege an.

»Ich bin hier«, sagte sie, »die ganze Nacht.« Sie versprach, auf ihn aufzupassen, und bereitete ihm eine Tasse Tee.

»*A mechaje**«, seufzte er, als er den Tee trank.

Sein Jiddisch floss durch ihre Adern wie frisches Blut durch

---

* Jidd.: Etwas, was einen (wieder) zum Leben erweckt; Erquickung, Freude.

die Adern eines Todkranken, trennte sie für einen Moment von dem Totentanz in ihrem Herzen.

Er schlief ein. Sie saß schweigend neben ihm, lauschte auf jedes Husten, auf jeden Atemzug.

Stille erfüllte den Raum. Helena verbrachte die Nacht in unermesslicher Ruhe.

Als er morgens aufstand, ergriff er sanft ihre Hand, sein Blick dankte ihr.

Seine Berührung und sein Blick brachten ihr ein verlorenes Glück zurück.

Helena verriet keinem der Kibbuzmitglieder, dass Jakob an Tuberkulose litt. Aber sie wusste, dass seine Krankheit herauskommen würde, dass seine Hustenanfälle ihn verraten würden, sie wusste, dass seine Tage an diesem Ort gezählt waren.

~

Die Massage war zu Ende. Ich verließ das Behandlungszimmer. Ich hatte vor, mich bei Dorit zu bedanken und mich von ihr zu verabschieden. Bis zum nächsten Popcorn.

6

Vom Massageraum ging ich durch den Garten Richtung Küche, vorbei an Feigenbäumen, Weinstöcken und Himbeerbüschen, die Rasensprenger surrten leise, in der Ferne ratterte der Rasenmäher.

Oben am Tor hielt ein silberner Jeep. Ein gut gebauter, athletischer Mann sprang heraus, lief zur Beifahrertür und war einer Frau beim Aussteigen behilflich. Der Mann setzte sich wieder in den Jeep und fuhr weg.

Ich musterte die attraktive Lady aus dem Jeep, ihren modischen Jogginganzug, ihre Sportschuhe, das goldglitzernde Stirnband, die Paillettentasche über ihrer Schulter, die Sonnenbrille – alles an ihr war teuer.

Eine Fata Morgana, dachte ich, trotzdem rief ich laut: »Chajale Fink!«

Die Frau kam auf mich zu. »Ich glaube es nicht«, rief sie aufgeregt. »Lang sollst du leben! Erst vor ein paar Tagen haben wir von dir gesprochen.«

»Vor ein paar Tagen habe ich auch an dich gedacht«, sagte ich. »Ich war in unserem Viertel, ich bin an eurem Haus vorbeigegangen, ich habe sogar deine Mutter getroffen.« Ich versuchte mit den vielen Überraschungen klarzukommen, die ich zu verkraften hatte. Mir war, als würde mich die Vergangenheit zugleich von innen und von außen angreifen.

»Wirklich? Ich glaube es nicht, du hast sie wirklich getroffen?« Chajale fasste mich am Arm. »Meine Mutter hat gesagt, du hättest mit ihr im Café gesessen, aber ich habe gedacht, mit ihrer Demenz wird es immer schlimmer. Ein Traum, dich hier zu sehen, ein Traum!« Chajale umarmte mich innig.

»Was machst du hier?«, fragte ich.

»Adi und ich waren beim Emek-Lauf zur Erinnerung an Gadi Oldak, der im Jom-Kippur-Krieg gefallen ist, er war ein Freund von Adi und Alon.« Und als sie meinen erstaunten Blick sah, fragte sie: »Willst du sagen, Dorit hat dir nicht erzählt, dass ich hier bin? Na ja, mag sein, dass sie es dir nicht gesagt hat, aber wieso hat sie mir nicht gesagt, dass du hier bist?« Man sah ihr an, dass sie gekränkt war. Auch ich musste schlucken.

Chajale versuchte sich zu beruhigen. »Das ist bestimmt nur ihre berufsbedingte Geheimnistuerei.« Sie wechselte elegant das Thema. »Gut, dass wir Bracha haben. Sie hat mir erzählt, dass ihr euch bei Fejges Beerdigung getroffen habt. Leider hatte ich an jenem Tag eine Operation.« Sie lachte. »Nur ein Operatiönchen, nichts Ernstes, eine winzige Reparatur.« Sie nahm die Sonnenbrille ab, schob sie wie ein Diadem in die Haare und zeigte mir ihre Augenlider.

Wieder betrachtete ich ihre Erscheinung, den Schmuck, die faltenlose Haut und natürlich die Augenlider, die nur das Werk eines guten plastischen Chirurgen sein konnten.

»Chajale, du bist schön«, sagte ich.

»So schön wie damals?«, fragte sie und lachte.

»Noch viel schöner«, sagte ich und meinte es auch.

~

Vor mehr als fünfundzwanzig Jahren war ich bei ihrer Hochzeit gewesen, später hatte sie mich zur Beschneidungsfeier ihres ältesten Sohnes eingeladen, und natürlich hatten wir uns auch dann und wann bei Beerdigungen getroffen.

»Chaja und Adi Niv wohnen in Savyon, sie haben drei Kinder ...« hatte ich kürzlich in der Zeitung gelesen, in einer begeisterten Reportage über ihren Mann, einen Hightech-Unternehmer. Diesem Bericht hatte ich auch entnommen, dass Adi, einst Kommandeur der Bodentruppen, jetzt in die Zukunft investierte und viel für das Erziehungswesen im Land tat. »Das schöne Gesicht des Staates Israel«, war das Fazit jener Reportage.

~

»Komm, wir trinken dort einen Espresso«, schlug Chajale vor und deutete in eine schattige Ecke des Gartens. Ich nahm mit Freude an. Auf dem Weg dorthin stützte sich Chajale auf mich. Erst da bemerkte ich, dass sie ein Bein nachzog.

»Was ist dir passiert?«, fragte ich.

»Nichts Schlimmes«, antwortete sie. »Ich habe mir beim Lauf eine Sehne gezerrt.« Sie deutete auf ihren Fuß. »Diese Sache mit dem Sport ist nichts für uns Diaspora-Abkömmlinge.« Sie lachte.

Ich ging etwas langsamer, passte meine Geschwindigkeit der ihren an.

»Du weißt doch bestimmt, dass Dorit und ich in intensivem Kontakt sind«, sagte Chajale. »Eine Freundschaft wie die unsere rostet nie. Wir haben ein Alter erreicht, in dem Freunde, die unsere Eltern gekannt haben, zu Familienmitgliedern werden. Keine Freundschaft auf der ganzen Welt kann mit einer Freundschaft aus Kindertagen konkurrieren.«

Sie deutete auf einen Steintisch im Schatten. »Schau, hier sitze ich gern.« In dem Moment, als wir uns setzten, ging der Rasensprenger an und Wasser spritzte auf uns.

»Schätzchen!«, rief Chajale. »Ich bin lädiert, ich kann nicht so schnell weglaufen.«

Der Rasensprenger ging sofort wieder aus. Ich schaute mich um, konnte aber niemanden entdecken.

»Redest du mit Geistern oder was?«, fragte ich.

»Nur mit einem.« Sie seufzte.

Das Rattern des Rasenmähers wurde lauter. Ich riss erstaunt die Augen auf.

Chajale merkte, dass ich nicht eingeweiht war. »Das hat sie dir also auch nicht erzählt? Wie deine Mutter, sie ist genau wie deine Mutter. Sie ist ebenfalls Krankenschwester und ebenfalls verschwiegen, und sie hat ebenfalls einen Kranken geheiratet.«

»Einen Kranken?«, fragte ich und dachte an Alons Blick, der mir schon beim ersten Wiedersehen aufgefallen war.

»Du hast es wirklich nicht gewusst?« Chajale konnte es kaum glauben. »Sie waren drei Freunde – Gadi, Alon und Adi. Alle drei dienten in derselben Einheit. Gadi Oldak kam ums Leben, Adi wurde verwundet, nur Dorits Alon kehrte heil zurück. Aber nach neun Jahren, im ersten Libanonkrieg, sind ihm die Sicherungen durchgebrannt. Und erst da wurde uns klar, dass er mit einem Trauma aus dem Jom-Kippur-Krieg zurückgekommen war. Und wir wissen ja, was es bedeutet, mit einem Trauma aus einem Krieg zurückzukommen.« Sie richtete den Blick fest auf mich.

~

»Was hast du in der Armee gemacht?« Das war die Frage, die meine Mutter jedem Freund gestellt hatte, den ich mit nach Hause brachte.

Gil war Offizier bei den Fallschirmjägern, er erntete nur einen spröden Blick. Sie hörte »Fallschirmjäger« und verließ das Zimmer.

Ami von der Infanterie, der in Uniform ankam, erntete nur einen mitleidigen Blick. »*Nebbech*«, murmelte sie, drehte sich auf dem Absatz um und ging hinaus.

Udi von der Marine berichtete ihr begeistert und stolz von Kämpfen und Siegen und ihr Blick verfinsterte sich.

»Idiot«, sagte sie, nachdem er gegangen war.

»Ich war Müllfahrer«, sagte mein neuer Freund.

Die Augen meiner Mutter leuchteten auf.

»Mit dem«, sagte sie, »gehst du zum Rabbinat.«

Am liebsten wäre ich auf der Stelle tot umgefallen.

Und zu ihm sagte sie: »Du kannst der Vater meiner Enkel werden.« Mit einem kaltblütigen, vergnügten Blick überzeugte sie sich, dass mich ihr Schlag tödlich getroffen hatte.

»Weil er beim Militär einen Müllwagen gefahren hat?«, fragte ich, dem Ende nahe.

»Nein«, antwortete sie, »weil er ein reines Herz und einen gesunden Verstand hat.«

»Du bist verrückt!«, zischte ich.

»Voll und ganz«, bestätigte mein neuer Freund leise.

Einen Monat später heirateten wir.

»Seit dem ersten Zusammenbruch ist Adi hier und steht Alon, Dorit und den Kindern zur Seite«, erzählte Chajale weiter.

»Seit fünfundzwanzig Jahren immer wieder Anfälle, Kranken-
hausaufenthalte. Seitdem bin auch ich hier, seit fünfundzwanzig Jahren. Jedes Wochenende, jeden Feiertag.«

»Gott hat einen großen Schatz an Plagen und er verteilt sie
großzügig«, hallte die Stimme meiner Mutter in meinem Kopf
wider.

»Was ist also wirklich Dorits Geschichte?« Ich wollte es
verstehen.

»Heute ist es eine Liebesgeschichte.« Chajale lächelte.
»Sie liebt Aksam und Aksam liebt sie.«

Chajale wollte das weiter ausführen, doch genau in diesem
Moment tauchte Aksam auf und stellte eine Flasche Rotwein
und zwei Gläser auf den Tisch.

»Holla, Jahrgang 2003«, rief Chajale begeistert. »Komm, wir
stoßen an.« Sie goss den Cabernet in die Gläser.

Aksam lächelte und ging zurück in die Küche.

»Ist Aksam verheiratet? Hat er eine Familie?«, wollte ich
wissen.

»Es ist so, sie haben früher in derselben Abteilung im Krankenhaus gearbeitet«, erklärte mir Chajale. »Aber als Alon
krank wurde, erbot sich Aksam, Dorit zu helfen. Im letzten
Jahr hat er seine Stelle im Krankenhaus aufgegeben und
arbeitet jetzt nur hier, für die Gästezimmer. Heute ist Aksam
der eigentliche Manager des Ganzen, aber darüber wird nicht
gesprochen, hier nennt man ihn Küchenchef.« Sie kicherte.

»Ist er nun verheiratet oder nicht? Hat er eine Familie?«,
wiederholte ich meine Frage.

»Selbstverständlich ist er verheiratet, selbstverständlich hat
er eine Familie«, antwortete sie und fragte: »Was ist es, was du
nicht verstehst?«

Ich schaute prüfend zu Aksam hinüber, der jetzt mit Dorits

Sohn auf der Terrasse vor der Küche saß. Sie aßen und unterhielten sich vertraut miteinander. Wie Vater und Sohn, schoss es mir durch den Kopf.

»Nun, was sagst du, kommen sie dir nicht wie eine Familie vor?«, fragte Chajale, die wie ich die beiden beobachtete. »Ich kenne diese Kinder seit ihrer Geburt. Dorits Sohn ist fast dreißig, wohnt aber immer noch hier. Er bringt es nicht übers Herz, Dorit mit alldem allein zu lassen. Ihre Tochter studiert in Tel Chaj und kommt jeden Tag nach Hause zurück. Sie ist ganz wild darauf, mit ihrem Freund zusammenzuziehen, aber sie schafft es nicht, ihren Vater und ihre Mutter zu verlassen.« Chajale rückte näher zu mir, bis sich unsere Stühle berührten. »Dorit muss ihren Kindern klarmachen, dass sie die Option haben, hier wegzugehen, sonst wächst hier noch die dritte Generation heran, verstehst du?«

Ich schwieg.

»Ich bin froh, dass du hier bist.« Chajale lächelte mich an und trank ihr Glas leer. »Schließlich bist du ihre beste Freundin.« Sie brachte mich in Verlegenheit. »Und wir werden für Dorit etwas tun«, deutete sie Zukunftspläne an.

In diesem Moment tauchte der Masseur auf.

»Schätzchen, noch fünf Minuten«, säuselte Chajale mit Nord-Tel Aviver Grandezza.

Höchste Zeit zu gehen, dachte ich. Ich stand auf.

»Erst wenn ihr Glas leer ist«, rief Chajale dem Masseur zu, deutete auf mein Weinglas und schlug ihn damit aus dem Feld.

»Aber ich trinke nicht, ich muss noch fahren«, sagte ich und machte mich zum Aufbruch bereit.

»Was ist mit dir? Warum hast du es so eilig?« Sie klang ärgerlich. »Und wo warst du überhaupt in all den Jahren?« Sie versetzte mir einen leichten Klaps, und wieder hatte ich das Gefühl, fliehen zu müssen, wie in den Tagen meiner Kindheit, als ich mich so sehr danach sehnte, an einen anderen Ort zu entkommen, jemand aus einer anderen Geschichte zu sein. Meine eigene Geschichte hatte ich, obwohl ich sie nicht kannte, damals nicht gewollt. Sie hielt mich an der Hand fest, ich bemühte mich, gelassen zu wirken, meine Gefühle zu verbergen. Ich blieb stehen und heftete meinen Blick auf Chajales glitzernde Paillettentasche. Sie war umgefallen, ihr Inhalt war herausgerutscht, genau wie die Worte aus Chajales Mund, alles lag verstreut auf dem Rasen. Mein kundiger Blick entdeckte eine Tablettenschachtel. Prozac. Ich lächelte in mich hinein. Klavier, Ballett und Antidepressiva. Ich drückte meine Tasche fest an mich, als Zeichen, dass ich trotzdem gehen wollte, aber ein Dackel, der einem Schmetterling hinterherlief, ließ meine Entschlossenheit bröckeln.

»Schau ihn an, er sieht genau aus wie Bingo«, sagte ich und betrachtete ihn gerührt. Als ich »Bingo!« rief, kam der Hund auf mich zugelaufen.

»Wieso wie Bingo? Das ist Bingo. Dorit hat ihn Bingo genannt.« Chajale lächelte und ließ meine Hand los.

»Bingo!«, rief ich noch einmal laut. Er wedelte mit dem Schwanz und leckte mir die Füße. Ich streichelte ihn. Meine Hände glitten über sein weiches Fell, ich hörte wieder das vertraute Hecheln und sah diesen hingebungsvollen Blick, den nur Hunde haben.

Ich erinnerte mich an den Tag, an dem ich mit meinem verdreckten Straßenköter Schmulik nach Hause gekommen war.

Meine Mutter hatte ihn in unserer Badewanne gewaschen. Der Gestank hatte den ganzen Raum erfüllt.

»Warum wäschst du ihn nicht draußen?«, fragte ich sie.

»Weil man gerade einem solchen Hund das Gefühl geben muss, ein Zuhause zu haben«, antwortete sie.

Den Namen Schmulik hatte ich damals noch nicht einmal meiner Mutter verraten, laut nannte ich ihn Bingo. Den Namen Schmulik benutzte ich nur heimlich und nur dann, wenn Dorit mich geärgert hatte. Bingo-Schmulik wohnte bei uns im Badezimmer. Meine Mutter brachte ihm einen Napf, ein Kissen und eine Decke. Neunzehn Jahre lang war er bei uns.

～

Ich setzte mich wieder und streichelte über Bingos Fell.

»Hast du eigentlich einen Hund?«, fragte Chajale interessiert.

»Nein, allenfalls Kakerlaken.« Ich lachte. »Und was ist mit deinem Klavier? Spielst du noch? Und tanzt du noch?«

»Ich hasse Klavierspielen und ich hasse Tanzen.«

Ich war platt.

»Nur wenn Freunde zu mir kamen, habe ich getanzt und gespielt«, sagte Chajale und verkündete: »Ich bin wie du.«

»Wieso wie ich? Redet jetzt die Klavierspielerin oder die Tänzerin?« Ich lachte, aber ich verstand nicht, was sie meinte.

»Ein Angsthase«, sagte sie. »Du hattest Angst, man könnte dich fragen, wo dein Vater ist, deshalb hast du dir Geschichten ausgedacht, und ich hatte Angst, man könnte mich fragen, warum ich zwei Väter habe, deshalb habe ich versucht, alle mit meinen künstlerischen Talenten abzulenken.« Sie fing an zu summen, stand auf und drehte eine Pirouette auf ihrem gesunden Bein. Als sie sich wieder auf den Stuhl fallen ließ, lächelte sie verlegen und trank einen großen Schluck aus meinem Weinglas.

»Jeden Tag habe ich gebetet, dass du nicht zu mir nach Hause kommst.« Ihre Stimme klang trocken, trotz des zweiten Glases Wein. »Mein Geheimnis war bei uns zu Hause, im Schlafzimmer. Oder hast du jemals bei Juden aus Polen zu Hause drei Betten im Schlafzimmer gesehen?« Sie wollte lachen, aber es gelang ihr nicht. »Du bist zu uns gekommen, hast dich in der Wohnung umgeschaut und die ganze Zeit über Brachas Shoah geredet. Du hast gar nicht kapiert, dass ich nur deinetwegen gespielt und getanzt habe, du hast überhaupt nichts verstanden. Aber ich war nicht die Einzige. Alle hatten Angst vor dir, frag Dorit. Immer hast du dich neugierig umgeschaut, du hast alles gesehen und dauernd Fragen gestellt. Ich habe gebetet, ich habe Gott angefleht, dass du sterben mögest.« Chajale hielt inne und entschuldigte sich dafür, einen solchen Wunsch gehabt zu haben.

»Ich habe gebetet, dass deine Mutter sterben möge«, sagte ich, um sie zu beruhigen. »Ich habe dir einen deiner Väter wegnehmen wollen.«

»Oh, wenn du es doch nur geschafft hättest, was für ein gutes Leben hätten wir beide haben können.« Sie lachte befreit.

»Einen Vater für dich und einen für mich«, griff ich spielerisch die Idee auf.

»Glaub mir, ich hätte dich sogar wählen lassen, welchen du willst«, verkündete sie großzügig.

»Weißt du vielleicht etwas über meinen Vater?« Plötzlich

konnte ich die Frage nicht mehr zurückhalten, sie platzte einfach aus mir heraus.

»Dass er tot ist«, antwortete sie, ohne zu zögern.

»Auch das ist eine Nachricht«, sagte ich und erstarrte, als hörte ich das jetzt zum ersten Mal.

»Was ist mit dir?« Chajale schaute mich verwundert an. »Ich erinnere mich, dass meine Mutter gesagt hat, dein Vater sei gestorben, aber das sei ein Geheimnis, ich dürfe es dir nicht erzählen. Dein Vater war *top secret*. Und die höchste Geheimhaltungsstufe galt gerade dir gegenüber.« Sie lachte schallend. »Deine Mutter hatte strenge Geheimhaltung verfügt, und alle im Viertel haben ihr gehorcht. Alle, außer Ofer. Alle haben getan, was deine Mutter wollte. Auch ich habe damals schon gewusst, dass man sich nicht mit ihr anlegen durfte, damit sie Jissachar weiter behandelte.« Ein Geheimnis im Geheimnis brach aus ihr heraus, sie sprach weiter, ohne innezuhalten oder etwas zu erklären. »Außerdem wollte ich auch selbst nicht, dass du etwas vom Tod deines Vaters erfährst. Ich habe deine Geschichten geliebt, schon damals, noch bevor du angefangen hast, einen Beruf daraus zu machen. Ich hatte Angst, du könntest aufhören, Geschichten zu erzählen, wenn du es erfährst. Es hat mir so gefallen, wenn du erzählt hast, wie deine Eltern sich im Kibbuz getroffen haben und dass dein Vater Partisan war und dass er in Amerika ist. Ich habe immer gewusst, dass du Schriftstellerin wirst. Oft war ich neidisch auf dich wegen der Geschichten, die du dir ausdenken konntest, ich war auch neidisch auf dich, weil nur du Hunde und Katzen und Papageien hattest. Nur du hattest Platten von Elvis und Cliff Richard, und bei dir zu Hause gab es ein Schlafzimmer mit nur einem Bett.« Wieder stieß sie ein Lachen aus, bevor sie mein Weinglas endgültig leerte.

Nur ich wusste nichts von meinem ach so großen Glück, dachte ich. Doch mein Mund und mein Blick blieben stumm.

»Was hast du? War es etwa nicht so?«, fragte sie.

»Was meinst du mit ›so‹?«, fragte ich, noch bevor es mir gelungen war, die Reichtümer meiner Kindheit zu verdauen.

»Dass es dir von allen Kindern des Viertels am besten ging«, brachte sie es auf den Punkt.

»Mir ging es am besten?« Sie brachte mich zum Lachen.

»Schau, ich bin nicht blöd. Ich verstehe sehr gut, dass du aus sauren Zitronen süße Limonade gemacht hast, aber glaub mir, auch heute denke ich, trotz allem, dass es nichts Besseres gibt als einen verschwundenen Vater und eine schweigende Mutter. Dann bleibt alles offen, alles ist möglich.«

In mir krampfte sich alles zusammen. Verstand sie mich auch heute noch nicht? Wie konnte es sein, dass sie es nicht gewusst hatte? Wie konnte es sein, dass sie es nicht gesehen hatte? Oder war ich es, die sich geirrt hatte? War vielleicht alles nur gut gewesen? Ich war verwirrt. Da war sie wieder, die Welt des Zwielichts, die Welt, in der Realität und Phantasie durcheinanderwirbelten, Vorhandenes und Ersehntes, Traum und Erdichtetes.

Ich wollte nicht aufgeben. »Aber vielleicht gibt es doch etwas, was du über meinen Vater weißt.«

»Ich weiß, dass meine Mutter deine Mutter sehr gern hatte«, antwortete sie.

»Danke«, unterbrach ich sie verzweifelt. »Danke, das ist genau die Art Antwort, die mir immer alle gegeben haben, wenn ich Fragen nach meinem Vater gestellt habe.«

»Aber ich weiß, dass du einen Onkel hattest«, präsentierte mir Chajale einen Alternativtrost. »Ich erinnere mich sogar noch an seinen Namen und den Namen seiner Frau – Aaron und Berta Hochdorf. Und ihre Adresse war Huberman, Huberman 6, Wohnung Nr. 1«, teilte sie mir mit.

»Woher weißt du das?«, fragte ich erstaunt.

»Woher? Meine Mutter hat bei ihm gearbeitet. Hast du das nicht gewusst? Habe ich etwas Falsches gesagt? Was ist denn?«

»Doch«, sagte ich. »Ich erinnere mich an die Adresse und an das Schild an der Tür und an einen Mann mit silbergrauen Haaren, der auf dem Balkon stand.«

»So hat ihn meine Mutter auch beschrieben, ein Mann mit silbergrauen Haaren und einer Pfeife, mit einer Frau aus Eis, einem tollen Auto und einem reinrassigen Schäferhund«, erzählte Chajale. »Er war Ingenieur und sie Bridgemeisterin.«

»Ich habe ihn nie getroffen.« Die Kränkung brach aus mir heraus. »Ich bin nur einmal im Jahr mit meiner Mutter hingefahren und sie hat mir das Haus von außen gezeigt.«

»Also, war er nun dein Onkel oder nicht?«

»Das ist es ja, ich weiß es nicht!«

Plötzlich fiel ihr etwas ein. »Warte, es gab da so ein Gerücht, er habe deine Mutter verdächtigt, eine Lügnerin zu sein, es hieß, sie sei gar nicht wirklich seine Schwester.« Sie schwieg kurz, suchte in den Tiefen ihres Gedächtnisses. »Aber ich erinnere mich auch, dass deine Mutter, als er alt war, ihn besucht und ihm irgendetwas gesagt hat … Nein, nicht gesagt, sie hat ihm offenbar etwas von euch zu Hause gebracht, einen Gegenstand von früher, vielleicht ein Foto, etwas, was seine Zweifel beseitigt hat. Hat sie dir nie davon erzählt?« Chajale schüttelte ungläubig den Kopf. »Gut, du warst damals im Kibbuz, ihr wart ja ein paar Jahre zerstritten, wenn ich mich nicht irre. Ich glaube, es war damals, dass sie und er in enger Verbindung standen. Sie hatten eine schöne Zeit, sie hat nur leider nicht lange gedauert – er ist bald darauf krank geworden. Meine Mutter und deine Mutter sind jeden Morgen zusammen in die Huberman-Straße 6 gefahren. Meine Mutter hat die Wohnung geputzt und deine Mutter hat ihn hingebungsvoll gepflegt, bis zu seinem Tod.«

Von dieser Geschichte hatte ich nichts gewusst.

~

Jahrelang hatte die angeschlagene Porzellanfigur einer Tänzerin auf dem Regal in meinem Zimmer gestanden und ich durfte sie nicht anrühren. Eines Tages, als ich aus dem Kibbuz zu Besuch kam, fiel mir auf, dass sie verschwunden war.

»Wo ist sie?«, fragte ich meine Mutter.

»Dort, wo sie hingehört«, antwortete sie.

»Also im Müll«, sagte ich.

Meine Mutter schwieg.

~

Plötzlich drang eine bekannte Melodie zu uns in den Garten.

»Chopin«, sagte Chajale erstaunt. »Das Konzert Nr. 1 für Klavier und Orchester. Weißt du eigentlich, dass man mich im Konservatorium am Ende nicht genommen hat? Aber Alon hätten sie bestimmt genommen, er spielt wie ein professioneller Pianist.«

Gemeinsam lauschten wir der Musik, die Chajale früher gespielt und zu der sie getanzt hatte.

Am Himmel glitzerten die ersten Sterne. Die Musik, die immer lauter wurde, drang in mein Herz, durchdrang die stille Stunde des Zwielichts.

Ich dachte an meine Mutter, die Frau, die ich nicht wirklich gekannt hatte, die in sich selbst gelebt hatte, und ich, ihre Tochter, war nicht da, nicht bei ihr und nicht an ihrer Seite.

Wie weit waren wir doch voneinander entfernt, sie und ich.

Wie weit entfernt waren ihre Vergangenheit und die Gegenwart, die ihr zuteil geworden war.

Ich schloss die Augen.

$\sim$

Der Arzt hatte mich angerufen und mir mitgeteilt, dass ihr Zustand sich verschlechtert hatte, noch ein Tag, vielleicht zwei, hatte er gesagt. Ich erschien zu meinem fast letzten Besuch im Krankenhaus, ich und meine Fragen.

Meine Mutter hatte dagesessen, in sich versunken, besiegt, im Rollstuhl.

Ich saß bei ihr, zerquält, unglücklich.

»Also, Mama, wo ist mein Vater?«, murmelte ich verzweifelt, ich setzte unsere alte Zeremonie fort: »Mama, hattest du noch andere Kinder?«

Sie hob den Blick zu mir, sie war nur noch Haut und Knochen, ihre Wangen waren eingefallen, ihre Lippen zusammengepresst.

»Was ich wollte, dass du weißt, weißt du«, stieß sie mit klarer Stimme aus.

Ich schwieg. Auch meine Mutter schwieg.

Zwei Tage später war sie tot.

$\sim$

Die Musik wurde lauter. Ich wünschte, sie würde nie aufhören, ich wünschte, sie würde all meine Gedanken beherrschen, würde mein Gehirn mit ihren Klängen füllen.

Aksam tauchte wieder auf, nahm die leeren Weingläser, stellte Tee und Tachini-Kekse auf den Tisch und teilte uns mit, Dorit sei zu einem Notfall in die Klinik gerufen worden.

»Es ist schon spät«, sagte ich laut. Ich wollte aufbrechen.

»Dorit hat mich gebeten, dir auszurichten, dass das Zimmer bereitsteht. Sie wird morgen rechtzeitig zum Frühstück zurückkommen«, sagte Aksam.

»Bitte, fahre nicht«, drängte Chajale. »Die Straßen hier sind nicht besonders gut, es ist gefährlich, nachts zu fahren. Bleib bitte hier. Wir können morgen zusammen frühstücken und dann losfahren. Wie oft haben wir schon die Gelegenheit, uns zu sehen?«

Ich sah ihren bittenden Blick und sah wieder das Mädchen von damals vor mir, blasshäutig, ihren blonden Zopf zu einer Krone hochgesteckt, hatte sie mich mit Tanz oder Klavierspiel empfangen und mit Hilfe von Ballettschuhen, Tüll und Klavierspiel ihre Scham und ihre Geheimnisse verborgen.

Ich lächelte.

»Hier, sag deinem Mann Bescheid.« Sie hielt mir ihr Mobiltelefon hin.

»Er ist noch auf einer Geschäftsreise im Ausland«, antwortete ich.

»Das ist ein Zeichen, dass du hierbleiben sollst. Und die Kinder?«

»Sie wohnen schon nicht mehr zu Hause.«

»Noch ein Zeichen«, sagte sie begeistert. »Du bleibst also.« Sie umarmte mich zärtlich, bevor sie im Massageraum verschwand.

Ich blieb im Garten. Ich genoss den Tee und die Tachini-Kekse. Ein süßer Blütenduft erfüllte die Luft. Es war eine samtene Stunde, die idyllische Stimmung hüllte mich ein. Ich sank tiefer in den Liegestuhl und schaute hinauf zum Himmel, zu den vielen Sternen, die sich allmählich zeigten. Meine Gedanken rieselten wie in einer Sanduhr, langsam, ein Körnchen nach dem anderen, manche sanft und angenehm, andere voller Schmerz.

Chajale kam von der Massage zurück und setzte sich neben mich.

»Was machst du eigentlich hier?«, fiel es ihr plötzlich ein zu fragen.

»Ich suche Verwandte«, antwortete ich.

Sie umarmte mich. »Und? Hast du welche gefunden?«

Die Musik wurde wieder lauter.

»Hörst du«, sagte sie gerührt, »dieses Stück ist am schwersten. Es ist mir nie gelungen, es so zu spielen, wie es eigentlich sein sollte.«

Um Mitternacht verließen wir den Garten. Ich ging in mein Zimmer, legte mich ins Bett, sah durch das Fenster die nächtliche Landschaft und schlief ein.

Plötzlich zerschnitt ein Brüllen die Nacht. Ich riss erschrocken die Augen auf, rote und blaue Blitze zuckten über den Fußboden. Durch das offene Fenster sah ich draußen Schatten huschen. Panik ergriff mich. Tohuwabohu, verkehrte Welt, Sterne funkelten auf der Erde und der Himmel war leer.

Ich fror. Ich warf mich von einer Seite auf die andere, zog mir die Decke über den Kopf. Ich träume, deutete ich die Situation, um mich zu beruhigen.

Nach kurzer Zeit kehrte die Dunkelheit ins Zimmer zurück,

durch das Fenster drang Frühlingsluft, erfüllt von betörenden Düften, und die Sterne funkelten am Himmel.

Ich schlief wieder ein.

Gegen Morgen, im letzten Traum der Nacht, sah ich ein düsteres, schimmeliges Zimmer und eine Krankenschwester, die Möbelstücke aufeinandertürmte.

Auf das Eisenbett, in dem mein Vater die Augen geschlossen hatte, stellte sie den kleinen Holztisch und darauf den umgedrehten Stuhl und auf den Stuhl den Aschenbecher, in dem er seine letzte Zigarette ausgedrückt hatte. Dann desinfizierte sie alles und verließ das leere Zimmer.

Ich erwachte am späten Morgen in einem mir fremden Zimmer. Wo war mein Mann, wo war ich? Erschrocken sprang ich auf.

Mein Herz klopfte, als wäre ich entführt worden, als hätte mich jemand an einem fremden Ort eingesperrt. Als ich mich wieder gefasst hatte, wusch ich mich, zog mich an und ging ins Speisezimmer.

Chajale erwartete mich bereits.

»Man hat Alon ins Krankenhaus gebracht«, sagte sie, noch bevor sie mir einen guten Morgen wünschte. Und um mich zu beruhigen, fügte sie hinzu: »Dorit weiß schon Bescheid.«

»Wie geht es ihm?«

»Schlecht, eigentlich sogar sehr schlecht. Nur Dorit und Alon glauben, dass sich das noch ändert, sie kapieren nicht, dass der Mann am Ende ist. Seit fünfundzwanzig Jahren schaffe ich es nicht, mit ihnen zu sprechen. Vor allem mit Dorit. Jedes Mal, wenn ich versuche, mich einzumischen, werden ihre Augen zu Steinschleudern.« Sie schwieg kurz, dann sagte sie: »Gut, dass du hier bist, schließlich bist du ihre beste Freundin, du wirst ihr etwas sagen können, du wirst ihr helfen, aus diesem Grab herauszukommen, aus dieser Pose der barmherzigen Krankenschwester. Seit fünfundzwanzig Jahren lebt sie schon in ihrem eigenen Ghetto. Tagsüber sitzt sie mit ihm fest, nachts mit den Sterbenden an ihren Schläuchen. Wie lange will sie mit diesem Masochismus noch weitermachen?« Chajale seufzte verzweifelt. »Sie hat ihr Maß an Leid schon ausgeschöpft.«

»Was sollte sie deiner Meinung nach tun?«, fragte ich.

»Alon verlassen«, sagte sie entschieden.

Es ist das Bordell, das Bordell hat sie verrückt gemacht, schoss es mir durch den Kopf. Zwei Männer und eine Frau.

»Das ist ihre Angelegenheit, nicht deine«, verteidigte ich Dorit. »Und du sprichst nur über Dorit, über ihre Kinder, du sprichst sogar über Aksam. Hast du denn gar kein Mitgefühl für Alon?« Es drängte mich, ihn in Schutz zu nehmen, am liebsten hätte ich ihn umarmt.

»Ich möchte dich mal sehen, Mitgefühl nach fünfundzwanzig Jahren!«, ereiferte sich Chajale. »Tausendmal habe ich Dorit vorgeschlagen, Alon irgendwo unterzubringen, wo er die beste Behandlung der Welt bekommt. Sie muss ihn ja nicht in irgendein Heim abschieben. Aber wenigstens sie sollte wie ein Mensch leben.«

Ihre Worte hallten in mir wider, bohrten sich in mich wie Stahlnägel in eine Wand.

»Wenigstens sie sollte wie ein Mensch leben«, wiederholte Chajale.

In diesem Moment kam Dorit von ihrem Nachtdienst zurück.

»Wir haben sie wirklich in keinem guten Moment erwischt«, flüsterte Chajale mir zu.

Dorit trat zu uns, mit dunklen Ringen unter den Augen und einem müden Lächeln. In ihrer Schwesterntracht stand sie zwischen uns, verlegen und schweigend, die Honigaugen traurig und trocken.

Ich sehnte mich nach einer anderen Luft, einer klareren Luft. Ich atmete tief ein. Mir wurde heiß, ich spürte, wie mir der Schweiß ausbrach, Blut stieg mir in den Kopf.

»Eine Hitzewelle«, diagnostizierte Dorit sofort. »Das sind die Wechseljahre.« Sie empfahl mir ein pflanzliches Medikament, das mir bestimmt helfen würde, »den Kopf über die Hormone zu erheben«. Sie lud Chajale und mich in die Speisekammer ein, um die Pflanzenbüschel zu besichtigen, die dort zum Trocknen hingen, um zu sehen, wie sie den Farbton wechselten, wie ein Kraut zu einem Medikament wurde.

Plötzlich waren Kräuter zum Gesprächsthema geworden. Pfefferminze und Rosmarin, Eisenkraut und Echter Salbei kamen zu Ehren.

Und kein Wort über Alon.

Chajale zerrieb nervös ein getrocknetes Pfefferminzblatt zwischen den Fingern und fing stockend an zu sprechen. »Früher, als wir Kinder waren, war die Lüge vielleicht schöner als die Wirklichkeit.« Sie schaute mich an, dann wandte sie sich an Dorit. »Aber es reicht. Wir sehen doch, was mit dir wirklich los ist. Und wir sind sicher, dass du dein Leben ändern kannst.« Sie spricht auch in meinem Namen, dachte ich. »Wir wissen, dass du es schwer hast«, fuhr sie fort, »dass du es vielleicht sogar sehr schwer hast.« Das Pfefferminzblatt zerbröselte, die Stückchen rieselten auf ihre Kleidung.

»Mir geht es nicht so schlecht, wie du glaubst«, erwiderte Dorit. »Es ist vielleicht schwer, aber nicht schlecht. Letztlich habe ich Glück. Wie meine Mutter gesagt hätte: In Theresienstadt war es schlimmer.«

Sie versuchte ein Lächeln.

Chajale trat unruhig von einem Fuß auf den anderen, suchte nach den richtigen Worten. »Schau«, sagte sie, »schon seit Jahren sage ich dir, dass du genug getan hast, dass du jetzt dein eigenes Leben leben musst.« Sie sprach mit zitternder Stimme, betonte aber jedes Wort.

»Du meinst, dass ich Alon in eine Anstalt abschieben soll?« Dorit war blass geworden. »Was willst du eigentlich von mir?«, fragte sie mit müder Stimme.

Chajale klopfte die Pfefferminzstückchen von ihren Kleidern, ordnete ihr Haar und richtete sich auf. »Schau, deine Kinder sind schon erwachsen, sie müssen das Haus verlassen, sie müssen sich von dieser Last befreien. Und du hast Aksam, du solltest auf ihn achten, damit er nicht am Ende noch weggeht und dich verlässt.«

Dorits Augen weiteten sich entsetzt, ʼals traute sie ihren Ohren nicht. »Die Kinder werden weggehen«, sagte sie wütend, »Aksam wird weggehen, aber ich lasse nicht zu, dass Alon lebendig in einer Irrenanstalt begraben wird, ich sperre ihn nicht in eine Anstalt, ich vertreibe ihn nicht aus seinem Zuhause. Das haben die Deutschen getan!« Der letzte Satz war ein tiefer Aufschrei. »Sie haben ihre Kranken weggebracht!« Sie schnappte nach Luft. »Sie haben Selektionen gemacht.« Sie zitterte am ganzen Körper.

Mir brach wieder der Schweiß aus. Wie Dum-Dum-Geschosse waren meine Gedanken: Meine Mutter hatte meinen Vater in ein Sanatorium geschickt, sie hatte ihn in eine Anstalt abgeschoben, sie hatte sich von ihm befreit, sie hatte eine Selektion abgehalten.

Ich lehnte mich an die Wand, an der getrocknete Kräuter hingen. Meine Augen brannten, meine Haut juckte, ich hatte das Gefühl, als würde meine Luftröhre zusammengepresst. Das ist der passende Moment für einen richtigen Asthmaanfall, dachte ich, und ausgerechnet heute habe ich meinen Inhalator nicht dabei.

Mir wurde schwindlig.

Anstalt, Deutsche, Selektion.

Würden unsere Wunden denn nie heilen?

Ich schaffte es nicht, meine Gedanken zu ordnen.

Dorit und Chajale standen einander gegenüber und funkelten sich wütend an, genau wie früher. Bilder aus meiner Kindheit stiegen zwischen Pfefferminze und Salbei auf. In meinem Kopf drehte es sich wie in einem Mixer auf höchster Geschwindigkeit, und wie früher umfing mich der Geruch von Medikamenten. Der Geruch von Pflastern und Tabletten, Sirup und Salben, Vaselin und Antiseptikum. Plötzlich verstand ich, warum ich so sorgfältig die Gegenwart von der Vergangenheit getrennt hatte, wie man zum Backen das Eigelb vom Eiweiß trennt.

Chajale war die erste, die sich wieder fing. »Stimmt, die Deutschen haben ihre Kranken zum Tod verurteilt«, sagte sie. »Aber es gibt einen Unterschied – Alon, er würde nicht umgebracht werden. Du kannst das Selektion nennen, damit machst du mir keine Angst, auch die Juden haben selektiert. Die Mütter haben die Starken ausgesucht, sie haben die großen, gesunden Kinder aus dem Zug geworfen und die kleinen, schwachen mit ins Feuer genommen. Versteh mich richtig, ich versuche doch nur, deinen Kindern zu helfen. Oder kommt es dir normal vor, wenn ein dreißigjähriger Mann noch immer

bei seiner Mutter lebt? Wenn eine junge Frau von siebenund-
zwanzig Angst hat, euch zu verlassen und mit ihrem Freund
zusammenzuziehen?«

Dorit hatte völlig dichtgemacht, sie hörte gar nicht zu.

Ich kannte den erloschenen Blick in ihren Augen, es war
der gleiche Blick, mit dem meine Mutter mir gezeigt hatte:
Ich bin schon nicht mehr hier.

Vielleicht war das der richtige Moment, Erinnerungen weg-
zuschließen, das Schweigen zu achten.

»Und du, warum schweigst du?«, fuhr Chajale mich wütend
an. »Sag doch was!«

Ich wollte auch ihr raten zu schweigen. Ich wollte ihr sagen,
dass ich im Prinzip nur für Kino und Popcorn zuständig war.

Aber meine Stimme gehorchte mir nicht.

»Was willst du von ihr?« Wie immer versuchte mich Dorit
zu schützen.

Das Klingeln von Chajales Mobiltelefon rettete uns drei aus
diesem Gefecht um Reden oder Schweigen.

»Adi lässt ausrichten, dass alles in Ordnung ist, er ist bei
Alon in der Klinik«, informierte Chajale Dorit.

Dorit wurde rot.

Für einen Moment kehrte Ruhe in die Speisekammer ein
und auch in mich.

»Ich übernehme morgen die Frühschicht«, versprach
Chajale von sich aus.

»Wenn es dir keine Umstände macht, dann nimm Alonusch
das Waschzeug und das große Handtuch mit, das er mag«, bat
Dorit mit müder Stimme.

»Adi hat in der Nacht schon sein Waschzeug, das Handtuch, sein Mobiltelefon und das Ladegerät mitgenommen.
Nachdem die Polizisten Alon gefunden hatten, hat Adi Alons

Marschgepäck fürs Krankenhaus eingepackt. Ich fahre heute nach Tel Aviv, ich muss mich ein bisschen ausrüsten, aber morgen früh bin ich hier.« Chajales Tonfall hatte sich verändert, auch ihr Blick und ihre Haltung. »Soll ich etwas für dich einkaufen?«, erkundigte sie sich bei Dorit. »Etwas Gutes zu essen?«

»Wenn es dir nichts ausmacht, bring mir was von dieser Bäckerei mit, du weißt schon, ein paar Fladen mit Sesam obendrauf«, sagte Dorit.

»Es macht mir nichts aus, natürlich nicht«, antwortete Chajale.

Dorit lächelte und sagte zu mir: »Sie hört nicht wirklich zu, morgen wird sie mir Passionsfruchtmus bringen.«

Auch ich lächelte, trotz des Sturms in meinem Inneren. Ich lächelte und dachte an den süßen Geschmack von Freundschaft außer Konkurrenz, von Freundschaft, die fortbesteht und besteht, jenseits der Routine und der ruhigen Gewässer des Alltags.

Vielleicht ist das tatsächlich die einzig wahre Freundschaft, dachte ich. Nur mit den Freundinnen aus der Kindheit schaut mein Vater noch aus dem Gebüsch auf mich, marschiert meine Mutter noch auf dem Gehweg, mit heftigen Schritten, kurz vor dem Schweigen. Nur über ihre Haare hatten die Hände meiner Mutter gestrichen, nur mit den Freundinnen aus der Kindheit sehe ich noch ihre streichelnden Finger. Nur im Miteinander unserer Freundschaft ist alles bewahrt, die alten Wunden, die Wahrheit, von der niemand weiß, dass es sie gegeben hat, wir sind füreinander unsere Erinnerungen.

»Wie uns das *schtetl* doch verfolgt«, murmelte ich.

»Verfolgt hat, verfolgt und verfolgen wird!«, erinnerte mich

Chajale an das, woran mich niemand erinnern musste. »Es wird uns nie im Leben loslassen.«

Zu dritt gingen wir zum Parkplatz. Chajale stieg in den glänzenden Jeep.

»Sie wird keine Wohnungen mehr putzen, wie ihre Mutter es getan hat«, sagte Dorit.

»Aber sie wird Körbe mit Passionsfruchtmus nach Hause bringen«, sagte ich. Wir lachten beide. Chajale fuhr los.

Ich blieb noch stehen, suchte in meinen Taschen nach dem Autoschlüssel.

»Ich bin verrückt nach ihr«, sagte Dorit und schluckte. »Und nach dir auch«, fügte sie verlegen hinzu. »Ich habe im Lauf der Jahre viel über dich nachgedacht, über dich und über deine Mutter. Und über meine Kinder. Ich habe gedacht, dass sie, egal was ist, zumindest ihren Vater kennen.«

Ich wurde starr und stumm.

»Wir treffen uns im Kino«, versuchte Dorit mich aufzumuntern.

»Klar«, sagte ich mit erstickter Stimme. »Kino und Popcorn.«

»Ab jetzt – vier Tage im Jahr.«

»Mögen sie sich mehren«, rutschte es mir unwillkürlich heraus.

Auf dem Weg nach Tel Aviv dachte ich an meine Mutter und meinen Vater, die einander im Kibbuz begegnet waren, sie Krankenschwester, er ein kranker Mann. Man hatte ihn nicht als Mitglied akzeptiert, meine Mutter verließ zusammen mit ihm den Kibbuz, sie kamen in unser Viertel, heirateten, und ich wurde geboren. Ich dachte auch an meinen Onkel und an den Bruder, den ich vielleicht gehabt hatte. Aber vor allem dachte ich an meine Mutter, die meinen Vater in eine Anstalt abgeschoben hatte. Ich zitterte am ganzen Körper.

Dort hatte ihr Schweigen seinen Ursprung. Ich spürte, dass ich mich zum ersten Mal in meinem Leben dem Punkt näherte, an dem sich das Geheimnis verbarg, dass ich endlich, endlich in die Tiefen der Seele meiner Mutter vordrang, zum Grundstoff, aus dem sich die Geschichte meines Lebens zusammenfügte.

Ich sah sie, ein junges, hochgewachsenes Mädchen, schmal, blond, mit sanften braunen Augen, Teil einer großen Familie. Neben ihr sitzt ihr Geliebter und sie streichelt ihren Bauch, träumt davon, bald Mutter und auch Ärztin zu sein.

Und dann öffnen sich die Tore der Hölle, sie geht hindurch. Ihr Geliebter wird ermordet, das Baby, das ihr geboren wurde, wird getötet. Sie wird in Lager gebracht, sie wird zu den Toten geworfen, sie stirbt, bis sich zu ihrem Bedauern zeigt, dass sie noch am Leben ist, sie erhebt sich zwischen den Leichen, schaut auf die neue Welt, wandert wie eine Schlafwandlerin durch die Orte ihrer Kindheit, das Nichts droht sie zu verschlingen. Mit letzter Kraft macht sie sich auf den Weg nach Israel.

7

AUF DER ÜBERFÜLLTEN STADTAUTOBAHN hinein nach Tel Aviv begann ich, urbane Luft zu atmen, das einundzwanzigste Jahrhundert hatte mich wieder, ich richtete mich in der Gegenwart ein.

Mein Telefon klingelte.

»Hi, ich bin's«, sagte Chajale in entschuldigendem Ton. »Ich bin gerade in Tel Aviv angekommen und habe beschlossen, zu Oldak zu fahren, Gadis Vater. Ich will ihn in den Arm nehmen und ihm ein bisschen von dem Lauf zu Ehren Gadis erzählen.«

~

»Du bist die Tochter von Jakob«, hatte Herr Oldak, der Mathematiklehrer, voller Freude gesagt, als er am ersten Schultag der zehnten Klasse meinen Namen im Klassenbuch las. »Wie geht es ihm?«, hatte er mich aufgewühlt gefragt. »Ich war mit ihm im Krieg zusammen.«

Ich war geschockt. Im Klassenzimmer wurde es still.

»Aber sie hat gar keinen Vater«, kam mir Dorit zu Hilfe.

»Er ist tot!«, rief Bracha aufgeregt.

Mir schnürte es den Hals zu. Bracha hatte jede meiner besänftigenden Antworten weggewischt – er versteckt sich, er ist in Amerika, er ist weit weggefahren, er ruht in Frieden, er wird nicht kommen, er ist nicht da. Meine Chancen gegenüber dem Lehrer und der Klasse waren dahin.

»Also ist auch Jakob tot«, murmelte Herr Oldak.

In der Stille, die um mich war, sah ich meinen Vater, der sich in einem kalten, armseligen Zimmer auf dem Bett windet und Blut spuckt. Ein zäher Husten quält seine Lungen, seine Augen weiten sich vor Schmerz, sein Körper wird von einem Hustenkrampf geschüttelt.

Szenen aus dem *Zauberberg* tauchten vor mir auf.

Ich sah, wie der alte Sanatoriumsarzt erschrocken herbeieilt und meinem Vater ein Thermometer in den Mund schiebt. Die Hitze seines Körpers treibt das Quecksilber hoch, das Thermometer zerplatzt in tausend Stücke. Auswurf quillt aus seinem aufgerissenen Mund, seine Rippen stehen hervor, der Bauch ist eingefallen, sein feuerrotes Gesicht verfärbt sich blau.

Nach der Pause kehrte ich nicht in die Klasse zurück.

Meiner Mutter erzählte ich nichts.

In der Nacht legte sie mir den Inhalator unter das Kissen. »Für den Notfall«, sagte sie. Sie diagnostizierte meine Not auf ihre eigene Art. Sie fragte nicht, was passiert war.

Wie bei einer Liebe, die sich weigert zu erlöschen, wuchs in mir wieder der Drang, etwas über den Mann zu erfahren, der mir vorenthalten worden war. Nur noch dieses eine Treffen und dann Schluss, sagte ich mir, um mich zu beruhigen.

Chajale dirigierte mich telefonisch zu einem ruhigen Viertel in Ramat Gan. Gemeinsam betraten wir Herrn Oldaks Wohnung. Er empfing uns mit einem Lächeln.

Gerührt betrachtete ich den gut aussehenden, beeindruckenden Mann, dem die Zeit ihren Stempel aufgedrückt hatte. Er war weißhaarig und gebeugt und er sprach mit vielen Pausen.

Er bat uns ins Wohnzimmer. Herr Oldak setzte sich zu mir, erkundigte sich bei Chajale, wie viele Menschen an dem Lauf teilgenommen hatten, fragte nach dem Wetter und nach Adi.

Chajale bewegte sich in seiner Wohnung, als wäre es ihre eigene, sie kochte Tee und servierte Kekse.

»Ich treibe mich in dieser Wohnung schon seit fünfunddreißig Jahren herum«, sagte sie.

Herr Oldak warf ihr einen dankbaren Blick zu.

»Kennst du Adi?«, fragte er mich. »Was für ein wunderbarer Mann, was für ein Freund.« Seine Augen leuchteten. »Weißt du, ich kenne ihn, seit er ein kleiner Junge war. Ich habe auch seine Eltern gekannt, sie haben nicht weit von hier gewohnt. Als sie von Polen nach Israel kamen, habe ich Adi Hebräisch beigebracht, Gadi und Adi sind zusammen in die Schule gegangen, sie wurden auch gemeinsam zur Armee eingezogen.«

Chajales Offizier ist also in Polen geboren, dachte ich, das hat sie mir nie erzählt. Ich lächelte in mich hinein. Jede von uns verschweigt etwas, jede hat ein Geheimnis. Ich senkte den Blick.

Chajale setzte sich zu uns, nachdem sie Tee und Kekse auf den Tisch gestellt hatte. Sie deutete auf mich. »Sie ist hier, weil sie dich nach ihrem Vater fragen will.«

Doch er erkundigte sich nach meinem Mann und meinen Kindern und ich erzählte.

Als ich wieder schwieg, senkte Herr Oldak seinen Blick. »Ehrlich gesagt, ich erinnere mich nicht mehr an sehr viel.« Er hatte Angst, mich zu enttäuschen.

»Ich habe Erfahrung mit Enttäuschungen«, beruhigte ich ihn.

»Wir waren eine kleine Gruppe von Menschen, die von Polen nach Russland geflohen sind«, fing er an zu erzählen. »Die Russen setzten die Flüchtlinge als Arbeitskräfte ein, statt der russischen Männer, die an der Front waren. So kam ich in ein Arbeitslager in Samarkand. Dein Vater arbeitete im Lager, ich gehörte zu den Wachmannschaften, deshalb haben wir uns nur sehr selten getroffen, verstehst du, die Russen hatten Angst, die Deutschen würden näher rücken, deshalb schickten sie uns dauernd auf Patrouillen.« Herr Oldak schloss die Augen. »Nachdem Chajale angerufen und gesagt hat, dass du mit ihr kommst, habe ich deinen Vater vor mir gesehen, wie er mit seinen schmalen Händen im Eis und im Schnee gegraben hat. Es gab dort im Winter kaum etwas zu essen. Die Einheimischen gruben Schildkröten aus dem Schnee, brachen den Panzer auf und aßen das Fleisch. Wir haben es ihnen nachgemacht.« Anerkennend fügte er hinzu: »Jakob war ein Fachmann, was die Schildkröten betraf.«

Ich wusste nicht, was ich mit diesem Kompliment anfangen sollte. Schade, dass wir keinen Paragraphen haben, der Orden für das Ausgraben von Schildkröten in Kriegszeiten gewährt, dachte ich. Ich dachte an die Schildkröte, die mein Vater aus dem Schnee ausgegraben hatte, wie ihr Panzer zerschlagen wurde, um an das Fleisch zu kommen. Mehr konnte ich mir nicht vorstellen. »Leider kann ich mich an Einzelheiten nicht erinnern«, entschuldigte sich Herr Oldak, »auf jeden Fall hat er Schildkröten gefangen.«

Vielleicht ist es ganz gut, dass er sich nicht mehr erinnert, tröstete ich mich über sein Vergessen hinweg und erinnerte mich an meinen Traum: Mein Vater war Partisan.

»Erinnern Sie sich noch, wie er aussah?«, fragte ich.

Ich sah, dass ihn diese Frage überraschte. Dann verstand er.

Sein Gesicht hellte sich auf, als er antwortete: »Er war groß und hatte lockiges Haar, genau wie du. Als ich dich damals in der Schule gesehen habe, habe ich deshalb keinen Moment gezweifelt, dass du seine Tochter bist.«

Ein Lächeln erschien auf meinem Gesicht.

»Er hatte schmale Hände und schöne grüne Augen. Er war selbst im Winter nicht blass, er hatte eine Haut wie ein Sabre. Er hatte ein längliches Gesicht und den Blick eines guten Menschen und ein angenehmes Lächeln.«

Ich sah, wie Herr Oldak sich freute, dass er etwas hatte, was er mir erzählen konnte, dass er sich sehr bemühte, mir mit Worten ein Bild meines Vaters zu malen, ein Bild, das ich nie gehabt hatte.

»Wissen Sie etwas von seiner Vergangenheit, von der Zeit vor dem Krieg?«, fragte ich, als er aufhörte zu sprechen.

»Nein, leider nicht. Wer hat damals über sein Leben vor dem Krieg gesprochen?«

Wieder breitete sich im Zimmer Stille aus.

Herr Oldak bemühte sich, mir zu helfen und suchte nach weiteren Erinnerungen. »Als ich hier ins Land kam, erfuhr ich, dass Jakob den Krieg überlebt hatte. Jemand hat mir erzählt, er sei in einem Kibbuz, und später hörte ich, er sei krank.«

»Von wem haben Sie es gehört?«, wollte ich wissen.

»Von Freunden aus Samarkand, man traf sich bei Beerdigungen oder bei Gedenkveranstaltungen.«

»Hatte mein Vater Kontakt mit jemandem? Ist er auch zu den Beerdigungen gekommen?«

»Ich glaube nicht. Er war ein ruhiger, bescheidener Mensch. Immer wenn sein Name fiel, wurde auch deine Mutter erwähnt. Man sagte, sie sei eine schwierige Frau, eine sonderbare Frau.« Selbst erschrocken über die Adjektive, die ihm für meine Mutter herausgerutscht waren, schaute er mich voller Zuneigung an und fügte hinzu: »Vielleicht hatte es ja etwas damit zu tun, was sie im Krieg durchgemacht hatte? Du weißt bestimmt mehr darüber.«

»Nicht viel«, sagte ich und fasste das Wichtigste zusammen. »Ich glaube, sie hat im Krieg einen Mann und ein Kind verloren.«

Herr Oldak erstarrte auf seinem Stuhl, sein Blick hob sich zu einem Foto, das an der Wand hing. »Ein Kind zu verlieren, das erklärt viel.«

Auch ich betrachtete nun den etwa achtzehnjährigen, fröhlich lächelnden Jungen auf dem Foto.

»Deine Mutter habe ich ein paar Mal gesehen, bei Elternabenden im Gymnasium«, sagte er. Ich spürte, dass er sich dieser schwierigen Frau auf einmal nah fühlte. »Man hat mir gesagt, sie sei es, aber aus irgendeinem Grund habe ich nie mit ihr gesprochen. Ein paar Jahre später, da warst du schon mit der Schule fertig, habe ich sie auf dem Friedhof Kiriat Scha'ul gesehen, zwischen dem Bereich für das Militär und dem für Zivilisten.«

Kiriat Scha'ul – ich hatte einen neuen Hinweis bekommen.

»Ich wollte zu ihr gehen, sie nach deinem Vater und auch nach dir fragen. Doch dann war sie plötzlich verschwunden und ich stand vor einem Grabstein.«

Ich richtete mich auf.

»Ich stand vor dem Grabstein deines Vaters.«

Mein Herz klopfte.

Ich wusste, wohin ich von hier aus gehen würde. Ich fühlte, dass ich es musste.

Ich verabschiedete mich schnell und war schon auf dem Weg hinaus. Chajale räumte den Tisch ab. »Weißt du, warum ihre Mutter ihn in Kiriat Scha'ul beerdigen ließ?«, fragte sie Herrn Oldak und gab sofort selbst die Antwort: »Weil wir auf dem Friedhof von Nachlat Jizchak Verstecken und Fangen gespielt haben, und ihre Mutter wollte nicht, dass es für sie zu einem Problem würde, dort mit allen anderen Kindern zu spielen.«

Ich lehnte mich an die Wand.

»Hast du gewusst, dass meine Mutter ihn in Kiriat Scha'ul begraben ließ?«, fragte ich.

»Natürlich«, sagte sie. »Alle haben es gewusst.«

Der Himmel war wolkenlos, ein leichter Wind war aufgekommen, in der Trauerhalle am Friedhofseingang wurden die nächsten Beerdigungen angekündigt. Ich betrat das Büro. Ein junger, dünner Angestellter mit Schläfenlocken und einer schwarzen Kippa empfing mich mit ernster Miene.

An einem solchen Ort macht man eben ein trauriges Gesicht, sagte ich mir und bemühte mich um einen sachlichen Ton. »Ich wüsste gern, wo Jakob Roża beerdigt ist.«

Block 7 – Bereich 4 – Reihe 8 – Grab 8

»Einer von den Veteranen«, sagte er anerkennend. »Er liegt neben dem alten Podest für Trauerreden. Seither ist der Friedhof gewachsen.« Der Kaddischnik war sichtlich stolz auf sein blühendes Gewerbe. »Früher war das der schönste Teil, früher stand dort eine Pinie und die Gräber waren mit Blumen bedeckt«, beschrieb er schwärmerisch dieses Wohnviertel der Ewigkeit.

Ich hatte es eilig, zum Block-Bereich-Reihe-Grab zu kommen.

Bei den Veteranen, neben dem alten Podest für Trauerreden, war keine Spur von Blumen zu sehen, die Pinie war umgestürzt. Darunter schauten die Bruchstücke eines zerschmetterten Grabsteins hervor.

Ein Stein, es ist doch nur ein Stein, versuchte ich mich beim Anblick dieser Bruchstücke zu beruhigen.

Im Hintergrund hörte ich, wie das Kaddisch für einen anderen Toten gebetet wurde.

Ich werde den zerbrochenen Stein reparieren, ich werde ihn Stück für Stück wieder zusammenfügen.

Auf dem Weg zum Parkplatz betrat ich die Jerucham-Grabsteine GmbH.

»Rekonstruieren Sie ihn«, bat ich. »Rekonstruieren Sie genau das, was war, rekonstruieren Sie den Grabstein, den meine Mutter vor über fünfundvierzig Jahren aufstellen ließ.«

»Aber heute gibt es viel besseren Marmor, meine Dame«, sagte er und bot mir eine Auswahl an: »Wir haben italienischen Marmor, Granit und Marmor aus Hebron.«

»Es liegen dort Steinbrocken«, sagte ich. »Ich möchte, dass Sie sie einsammeln und wieder zusammenfügen.«

»Und wenn Lücken bleiben? Wenn Teile fehlen?«, wendete er ein.

Ich lächelte. »Dann soll es so sein.«

»Geben Sie mir zwei Tage«, antwortete er unzufrieden.

Ich hinterließ meine Personalien und ging.

Die Augen meiner Mutter begleiteten mich auf meinem Weg. Sie war mit mir, anverbunden meinem Herzen.

Chajale rief gegen Abend an.

»Nun?«

»Was nun?«

»Ich weiß doch, wo du warst. Mir machst du nichts vor, ich weiß doch, wie du tickst. Vergiss nicht, dass wir gemeinsam Buchenwald-*kichl* gegessen haben.« Sie war offenkundig in Plauderstimmung.

»Der Grabstein ist ganz zerbrochen«, informierte ich sie kurz angebunden.

Unausgesprochen standen die Schildkröten zwischen uns.

Chajale hatte Stille noch nie ertragen können, sie stürzte sich in Renovierungspläne und schlug vor, einen so prachtvollen Stein zu setzen, dass niemand, der dort vorbeiging, ihn je vergessen würde. Erst nach ein paar Minuten fiel ihr auf, dass sie mit sich selbst sprach, und sie suchte nach einem Ausweg.

»Also, wann treffen wir uns?«, fragte sie.

Wir verabredeten uns zum Brunch im alten Hafen von Tel Aviv.

Auch diesmal erschien Chajale in glitzernder Garderobe. Ich war beeindruckt davon, dass sie alle Gäste des Cafés kannte und selbstverständlich auch Schätzchen, den Kellner.

»Pass auf meine Prada auf, bis das Essen kommt«, sagte sie und legte ihre prachtvolle Tasche auf den Tisch. »Im Laden gegenüber habe ich einen Rock gesehen, der nur für mich auf die Welt gekommen ist.« Sie verschwand. Nach kurzer Zeit kam sie mit einer Tüte zurück. Wie ihre anderen Sachen blendete auch dieser Rock, der nur für sie auf die Welt gekommen war, die Augen des Betrachters mit Pailletten, die glitzerten wie die Schuppen eines Fischs.

»Herzlichen Glückwunsch«, sagte ich.

»Glitzer macht mich fröhlich«, sagte sie. »Ich war jahrelang down, ich hatte schwarze Phasen. Mitten im Leben stürzte ich ab und hatte das Gefühl, dem Tod nah zu sein. Einfach so, ohne jeden Grund, hat mein Blutdruck verrückt gespielt, ich schwitzte, ich wurde ohnmächtig. Damals habe ich die Notaufnahmen aller israelischen Krankenhäuser kennengelernt, bis ich beschloss, Sabusch um Rat zu fragen. Weißt du noch, damals hat er immer Karottensaft getrunken.« Sie lachte. »Heute ist er Kardiologe. Er war es, der mir Bracha empfohlen hat, er hat sie gebeten herauszufinden, warum meine Mutter mit zwei Männern gelebt hat, warum sie es auf sich genommen hat, dass alle hinter ihrem Rücken gelacht und sie *kurve* genannt haben. Bracha hat mir eröffnet, dass meine Mutter vor dem Krieg mit Jissachar verheiratet war, nicht mit meinem Vater. Sie haben noch in Polen geheiratet, dort bekamen sie auch einen Sohn. Verstehst du? Meine Mutter war mit meinem Onkel verheiratet, ich hatte einen Bruder, der zugleich mein Cousin war.«

Das bestellte Essen kam.

Chajale probierte den Wein. »Ausgezeichnet«, sagte sie zu Schätzchen.

Ich bekam nichts runter, Chajales Geschichte hatte mich völlig lahmgelegt.

»Also, wo war ich? Ach ja. Dank Bracha weiß ich, dass Jissachar und meine Mutter von einem Versteck ins andere zogen und auch Jissachars Zwillingsbruder mitnahmen,

Jona, meinen Vater. Ich weiß auch, dass Jissachar eines Tages loszog, um Essen zu suchen. Meine Mutter und mein Vater hörten Schüsse, und Jissachar kam nicht zurück. Am Schluss starb auch der kleine Junge, mein Bruder. Vermutlich ist er verhungert oder erfroren. Mein Vater und meine Mutter sind allein zurückgeblieben, sie sind nach Israel eingewandert, haben geheiratet, und dann kam ich auf die Welt.«

Ich wollte etwas zum Verlust ihres Bruders sagen, wollte sagen, dass auch ich vermutlich einen Bruder gehabt hatte, aber plötzlich fühlte ich mich wie damals, als sie Klavier spielte oder tanzte und nichts von Brachas Shoah hören wollte.

»Doch der arme Jissachar hatte leider überlebt«, fuhr Chajale mit ihrer Geschichte fort. »Nach dem Krieg blieb er noch einige Jahre in Polen und suchte dort seinen Bruder, seine Frau und seinen Sohn. 1956 kam er in Israel an, und hier fand er meine Eltern. Er erzählte ihnen, dass er damals, als er in den Wald gelaufen war, angeschossen wurde. Er war verletzt, schaffte es aber, zu entkommen und sich zu verbergen. Als er später zum Versteck zurückkam, waren die anderen schon nicht mehr da. Und so, nach Jahren, musste der arme Kerl feststellen, dass sein Bruder und seine Frau verheiratet waren und, was noch schlimmer war, dass sie mich hatten. Und noch viel schlimmer als das: Sein Sohn war tot. Seit der Wiedervereinigung unserer Familie hat Jissachar alle paar Tage versucht, sich umzubringen. Meine Mutter und mein Vater passten auf, dass er nicht starb. Auch Wollmann und deine Mutter halfen manchmal. Und ich«, sie seufzte und sprach plötzlich langsam und schwer weiter, »ich habe schon damals verstanden, dass ich – obwohl mich alle drei liebten, obwohl ich für meinen Vater und meine Mutter eigentlich ihr Leben reparieren sollte – dass ich es war, ich höchstpersönlich, die allen dreien das Leben zerstörte.«

Ihr stockte der Atem, sie konnte nicht weitersprechen.

»Nur Radioapparate kann man reparieren«, sagte ich hilflos.

»Wer weiß das besser als ich?« Sie lächelte gequält. »Ich glaube, ich habe erst vor kurzem verstanden, wie bedauernswert sie waren, wie ehrenhaft sie den üblen Tratsch von Frau Koslowski schweigend ertrugen, die hochgezogenen Augenbrauen von Frau Silberman, von Itta, von Fejge und all den anderen reinen Seelen. Und was das Erstaunlichste war: Nach dem Tod meines Vaters wurde meine Mutter wieder Jissachars Frau. Bracha hat vor einiger Zeit für mich die Heiratsurkunde von ihm und meiner Mutter gefunden. Aber als ich meiner Mutter die Urkunde zeigte, behauptete sie, nur mit meinem Vater, mit Jona, verheiratet gewesen zu sein, sie kenne dieses Dokument nicht. Ein paar Tage darauf bekam sie einen Schlaganfall, und das war's, jetzt gibt es niemanden mehr, den ich fragen könnte. Dich vielleicht?« Ihre Augen leuchteten plötzlich auf.

»Mich?«, fragte ich erstaunt.

»Natürlich dich, wen denn sonst? Ich weiß noch, wie du immer zu uns hereingespäht hast, durch die Hecke, hinter der aufgehängten Wäsche hervor, durch die Fensterläden.« Sie lachte. »Du wolltest doch immer alles wissen, du hast dauernd Fragen gestellt. Für mich ist die Sache mit dem Fragen relativ neu, und bei Dorit tauchen die Fragen noch nicht mal am Horizont auf. Und Bracha?« Sie lachte. »Gut, dass wir sie haben, sie weiß alles, aber nur über andere. Von ihr habe ich schon alles erfahren, was möglich war.« Sie schaute mich an. »Nun? Jetzt bist du mit dem Erzählen dran.«

»Also«, gab ich reuevoll zu, »ich habe wirklich immer alles wissen wollen. Wenn ich schon nichts über mich herausfinden konnte, dann wollte ich wenigstens wissen, was bei den anderen passiert, in den normalen Häusern, solchen mit Vater und Mutter.« Ich lächelte entschuldigend.

»In normalen Häusern?« Chajale brach in lautes Lachen aus. »Wie bei mir, zum Beispiel? Oder wie bei Dorit oder wie bei den Poschibuzkis?« Sie konnte sich nicht beruhigen. »Du bist wirklich eine Phantastin«, sagte sie voller Zuneigung. »Du bist in Ordnung, wirklich in Ordnung. Ich habe immer gedacht, dass du, nach allem, was du weißt und gesehen hast, bei jeder Beerdigung im Viertel nur auftauchst, um dich zu vergewissern, dass unsere verrückte Welt wirklich untergeht, mit ihnen stirbt.«

»Vielleicht«, sagte ich. Ihre Hypothese gefiel mir.

»Vor ein paar Tagen ist mir plötzlich eingefallen, wann meine Mutter mir erzählt hat, dass dein Vater gestorben ist. Das war in jenem Sommer, als ich mich für die Aufnahmeprüfung am Konservatorium vorbereitet habe. Ich weiß, dass du wolltest, ich solle mit dir und Dorit in der Allee spielen, und ich habe zu dir gesagt, ich müsse üben. Bis zum Abend habe ich Klavier gespielt, weil ich Angst hatte, ich könnte mich nicht beherrschen und dir verraten, dass dein Vater gestorben ist. Ich fürchtete, deine Mutter würde dann böse werden und aufhören, Jissachar zu behandeln, denn meine Mutter hat immer gesagt, es sei nur Helena zu verdanken, dass er es nicht schaffe, sich umzubringen.«

Chajale verstummte, schloss die Augen. Einen Moment lang kam sie mir wie eine der Puppen vor, die ihre Augen auf- und zumachen können, Puppen, wie sie früher, in große Kartons verpackt, am Busbahnhof verkauft wurden.

»Wovor habe ich mich eigentlich nicht gefürchtet?«, fragte sie. Sie hatte sich im Stuhl zurückgelehnt, ihre Augen waren noch immer geschlossen. »Glaub mir, mit einem Leben wie unserem, mit einer Kindheit wie unserer, war es das Beste, zu phantasieren oder Klavier zu spielen oder zu tanzen, tanzen, tanzen.«

Danach saßen wir noch eine Weile schweigend zusammen und schauten über das Meer.

Bevor wir aufbrachen, zog Chajale aus ihrer Tasche einen Lippenstift und einen Spiegel. »Ein bisschen was kann man trotzdem reparieren«, bemerkte sie.

Wir lachten, bezahlten und waren schon am Gehen. In diesem Moment klingelte mein Telefon.

Jerucham-Grabsteine rief an. »Ich glaube, in zwei Wochen werden Sie das Grab Ihres Vaters nicht wiedererkennen«, verkündete er.

Ich habe es sowieso nicht gekannt, dachte ich.

»Es wird wie neu sein«, fügte er hinzu.

Chajale hatte das Gespräch mitgehört. »Endlich können wir auch zu deinen Totengedenkfeiern kommen«, sagte sie, begeistert von der Neuerung.

Dann verabschiedeten wir uns voneinander.

8

Um die Mittagszeit des Gedenktags für die Gefallenen der israelischen Armee, zur Stunde der Stille und der Heimatlieder, kühlte mein Mohnkuchen, den ich zur Feier des heute Abend beginnenden Unabhängigkeitstages gebacken hatte, bereits auf der Küchenanrichte aus und wartete auf die Schokoladencreme, die noch auf dem Herd köchelte.

Plötzlich klingelte das Telefon. »Bracha!«, rief ich und lachte.

Aber es war Chajale.

»Alon hat sich das Leben genommen«, teilte sie mir mit. »Du musst sofort kommen!« Sie legte auf.

Mein Mann nahm die Stille wahr, die sich über mich gesenkt hatte. Als ich mich auf den Weg machte, drückte er mir den Mohnkuchen in die Hand. Ich ärgerte mich über mich selbst, dass ich den Kuchen nicht schnell genug mit Schokoladencreme überzogen hatte.

Als ob das etwas an der Realität geändert hätte.

Wieder fuhr ich zu dem Haus im Emek.

Während der ganzen Fahrt begleiteten mich Bilder von Dorits Hochzeitstag, ich sah ihr glückliches Gesicht vor mir, sah sie auf mich zurennen, in Uniform und Brautschleier.

»Schau mich an«, hatte sie stolz gerufen und gesungen: »Ein Soldat, ein Soldat ist er, was will, was will ich mehr ...«

Und danach sah ich den vorbeiwandelnden Schatten, den Rasenmäher, der Grashalme und Brennnesseln nach allen Seiten spritzen ließ.

Als ich ankam, lag der Garten im nachmittäglichen Licht, alles war erfüllt vom Duft frischen Grüns und einer lastenden Beklemmung.

Dorit saß allein in der Küche. Eine hohle Stille umgab sie.

Wir umarmten uns steif und sagten kein Wort.

In der Tür zum Wohnzimmer sah ich Chajale stehen, das Mobiltelefon ans Ohr gedrückt, und hörte sie von Alons Tod berichten.

»Siva steigt schon ins Flugzeug, Ofer kommt morgen, jetzt rufe ich Sabusch an, dann Bracha«, informierte sie Dorit.

»Wie fühlst du dich?«, fragte ich Dorit vorsichtig.

»Ich weiß noch nicht, was ich sagen soll«, antwortete sie, ihr Blick war verloren.

Bei uns war der Tod nicht das Schlimmste, hatte sie neulich gesagt.

Mein Herz flog ihr zu.

Wir saßen da und schwiegen, auch als Aksam in die Küche kam.

Er trat zu Dorit, legte ihr mit einer zärtlichen, zögerlichen Bewegung die Hand auf die Schulter und zog sie sofort wieder zurück.

Dorit rührte sich nicht.

Aksam bat uns, zu den anderen ins Wohnzimmer zu kommen.

Ich warf einen Blick hinein und entdeckte Adi. Er trug eine Pilotensonnenbrille, sein sportliches Outfit war nach der neuesten Mode, seine Haare waren kaum ergraut, nur ein kleiner Bauch verriet trotz allem etwas von seinem Alter. Dann sah ich auch Dorits Kinder und begriff, dass er mit ihnen sprach.

»Eigentlich war euer Vater der Einzige, der damals heil aus dem Krieg zurückgekommen ist. Es war ein schrecklicher Krieg.« Seine Stimme brach die Stille, die in der Küche herrschte. »In diesem Albtraum von einem Krieg gab es weder Logik noch Ordnung, wir wurden einfach niedergemäht, sind gefallen, wurden gefangen genommen. Ich wusste damals überhaupt nicht, was ein Kriegstrauma ist. Für mich war Alon ein Held, ja, ein Held, ich übertreibe nicht. Er hat mir das Leben gerettet. Er ist hinein in den brennenden Panzer und hat mich dort herausgeholt. Ohne ihn wäre ich nicht hier. Euer Vater war ein Held. Punkt. Kein Komma, kein Frage-zeichen. Ein Held. Und ein Freund.« Seine Stimme erstarb.

Ein Windzug drang durch das offene Fenster herein.

»Mir ist kalt«, murmelte Dorit, sie zitterte.

Aksam brachte ihr schnell einen Pullover.

Wieder war Adis Stimme zu hören. »Als ich aus dem Kran-kenhaus kam, war der Krieg vorbei und wir stürzten uns sofort auf die Freuden des Lebens. Fast alle aus unserer Ein-heit haben schnell geheiratet. Aber eure Eltern – sie waren das schönste Paar, das verliebteste, das vollkommenste. Wir waren andere geworden, keiner war nach dem Krieg so wie zuvor. Nur sie, so dachte ich damals, nur diese beiden, als Einzige aus der Einheit, sind heil und gesund aus diesem Krieg zurückgekehrt.«

Ich kämpfte mit den Tränen und schaute Dorit durch den Nebel vor meinen Augen an.

»Nie habe ich mit Alon über den Krieg gesprochen«, sagte Dorit. In ihren Augen sammelten sich Tränen.

Sie wickelte sich fester in den Pullover.

Wieder kam Aksam und forderte uns auf, uns doch den anderen anzuschließen.

Dorit ließ sich Zeit.

Ich legte ihr die Hand auf die Schulter.

»Komm, lass uns zusammen hinübergehen«, sagte ich.

Dorit erhob sich. Ihr wurde schwindlig, für einen Moment lehnte sie sich an mich.

»Heute bin ich katatonisch«, sagte sie.

Im Wohnzimmer lernte ich Dorits und Alons Kinder kennen. »Das ist Jardena«, stellte mir Dorit ihre Tochter vor. »Wir haben ihr einen patriotischen Namen gegeben. Was waren das noch für Zeiten«, sagte sie mit einem bitteren Lachen. »Und das ist Kela*. Alon hat den Jom-Kippur-Krieg in Kala'at Nimrod beendet, auf dem Golan, und Kela ist an Jom Kippur geboren, fünf Jahre nach Kriegsende. Alon hat den Namen ausgesucht. Ich war dagegen. Ich wäre mit Nimrod als Kompromiss einverstanden gewesen, aber Alon tobte und schrie: Der Junge heißt Kela oder er bleibt im Krankenhaus! Ich habe damals nicht verstanden, dass das eigentlich schon ein erstes Anzeichen war. Ich war müde und erschöpft von der schweren, langen Geburt.« Sie seufzte und murmelte: »Kela – nichts habe ich damals verstanden.«

»Jetzt fängt man auf einmal an zu reden«, sagte Jardena, und zu ihrem Bruder gewandt fügte sie hinzu: »Auf einmal ist Schluss mit der Zensur, hör nur, unsere Mutter macht den Mund auf.«

»Dafür hat es sich gelohnt zu sterben«, antwortete er zornig.

* Hebr.: Geschoss.

Dieser Zorn war mir vertraut. Ich fing einen Blick von Chajale auf, sie wusste genau, was ich dachte. Dorits Blick verlor sich in der Ferne.

Adi und Aksam besprachen den Text für die Todesanzeige, die Formalitäten für die Beerdigung und die Organisation der Schiwa.

Als Freunde der Kinder kamen, sprangen Jardena und Kela sichtlich erleichtert auf und verschwanden mit ihnen in ihren Zimmern.

Dorit unterbrach Adis und Aksams Diskussion. »Ich will keine Todesanzeige, ich will keine große Beerdigung mit vielen Trauergästen und ich will keine Schiwa.«

Plötzlich wurde mir klar, dass mein Vater eine Todesanzeige in einer polnischen Zeitung gehabt hatte. Und eine kleine Beerdigung mit wenigen Trauergästen – bestimmt war allein meine Mutter dagewesen. Und anschließend saß sie Schiwa mit der polnischen Zeitung, die sie nicht las, mit dem Kaffee, den sie nicht trank, und mit ihren Beruhigungstabletten.

Chajale war mit ihren Telefonanrufen fertig. Sie setzte sich neben mich und flüsterte mir ins Ohr: »Jetzt wird sie endlich anfangen zu leben.«

Jetzt wird sie endlich anfangen zu leben.

Bestimmt hatten sie das damals auch über meine Mutter gesagt.

»Wenn sie auf mich gehört hätte«, sagte Chajale, »wäre Alon heute noch bei uns. Vielleicht weit weg, vielleicht sogar in irgendeiner Anstalt in der Schweiz, aber am Leben.«

Mein Vater war in einer Anstalt. Hat das sein Leben verlängert? Hat man dort auf ihn aufgepasst? Mein Kopf schwirrte.

Ich versuchte mich mit dem Gedanken zu beruhigen, dass das jetzt ohnehin keine Rolle mehr spielte.

Ich hörte, wie Adi und Aksam Dorit vorschlugen, die Beerdigung erst in drei Tagen stattfinden zu lassen, damit Itzik aus Amerika anreisen könne. Aus Dorits Blick konnte ich schließen, dass Itzik noch nicht entschieden hatte, ob er kommen würde. »Ich werde noch Alons Grab fotografieren müssen«, sagte sie zu mir.

Eine kleine Gruppe von Freunden traf ein. Mit jedem Neuankömmling wurde die Stille tiefer, die Beklemmung intensiver, sie klebte an einem fest wie Wüstensand an einem schwitzenden Körper.

»Still, still, schweig still«, fing Chajale, die Stille noch nie hatte aushalten können, an zu summen, »still, still, schweig still, hier wachsen Gräber.«

Alle Augen richteten sich auf sie. Die Gäste waren blass geworden.

Nur Dorit und ich lächelten. Wir wissen, wie sie tickt, dachte ich.

Weitere Trauergäste erschienen, das Wohnzimmer füllte sich, der Druck, unter dem Dorit stand, wurde stärker, sie stand auf und ging mit kleinen Schritten hinaus in den Garten. Chajale und ich folgten ihr. Auf dem Gartentisch lagen Fotoalben. Chajale fing sofort an, in einem zu blättern. Aus der Küche drang der Geruch von etwas Angebranntem.

»*Es brent, brider, es brent, oj, undser orem schtetl brent …*«, fing Chajale an zu singen.

Kela streckte den Kopf aus dem Küchenfenster. »Nicht das *schtetl*, nur der Toast!«

»Sag, erinnerst du dich noch, wie Fejge Brot geschnitten hat?«, fragte Chajale.

Wenigstens hatte sie aufgehört zu singen.

»Klar erinnere ich mich«, antwortete ich. Fejge hatte das Brot an ihre großen Brüste gedrückt, es in Scheiben geschnitten und dann für jedes Kind im Kindergarten eine Scheibe mit Butter und Marmelade geschmiert. Ich hatte immer gefürchtet, Fejge könnte sich mit dem Messer in den Busen schneiden.

»Ich liebe das Brot hier, dicht am Herzen«, hatte sie gesagt und die geballten Fäuste zwischen ihre großen Brüste gedrückt.

»Sie hatte wirklich ein kolossales Schneidebrett«, platzte ich heraus.

Chajale fing an zu lachen. Auch auf Dorits Gesicht zeigte sich ein Lächeln.

Die unermüdliche Chajale nahm ein Album nach dem anderen, ihr Blick schweifte über all die Fotos aus unserer Kindheit, vom Kindergarten bis zur Militärzeit. In ihrem Sog versank auch ich in die Betrachtung der Bilder. Dorit wickelte sich in ihren Pullover.

»Bei ihnen waren Tattoos schon damals modern«, sagte Chajale und deutete auf die Nummern auf den Armen unserer Eltern. Vermutlich wollte sie Dorit aufheitern. Dann blieb Chajales Blick an einem Foto unserer Mütter hängen. Es war an Brachas Bat Mizwa aufgenommen worden, alle trugen ihre langen Satinkleider, die sie nur zu besonderen Anlässen aus dem Schrank holten und die nach Mottenkugeln rochen. Chajale drehte noch eine Pirouette: »Hollywood, wir sind in Hollywood aufgewachsen.«

Ich hatte genug von Chajales Kommentaren und auch von

den Fotos. Ich brauchte eine Pause. Wieder betrachtete ich Dorits Gesicht und erinnerte mich daran, wie sie gesagt hatte: »Komm, lass uns von hier verschwinden.«

Vom Parkplatz herüber waren die quietschenden Bremsen eines Autos zu hören, wir schreckten auf, das Gespräch wurde unterbrochen.

»Ho-ha, wer kommt denn da«, trällerte Chajale, »der Hitler aus Germania …«

Bracha tauchte auf dem Weg auf. Wir wurden alle drei von einem hysterischen Lachen gepackt. Ein Lächeln breitete sich auf Brachas Gesicht aus, als sie uns lachen sah, doch sofort fiel ihr wieder ein, dass man hier den Toten ehren und die Hinterbliebenen trösten musste.

»Das hast du nicht verdient, bei Gott, das hast du nicht verdient«, sagte sie mit ernster Stimme zu Dorit. »Wenn er nur gestorben wäre, aber Selbstmord! Das ist das Schlimmste!«

Brachas Trost löste bei uns einen erneuten Lachanfall aus. Erst der Anblick von Golda, die nun auf uns zukam, erstickte das wilde Gelächter.

Dorit stand auf und ging ihr entgegen. Golda schloss Dorit in die Arme, drückte sie an ihr Herz, Dorit versank in ihrer bergenden Umarmung. Dorits Schultern, schmal und zerbrechlich, bewegten sich im Rhythmus des Weinens wie die Flügel eines verängstigten Vogelkükens.

Ihr Weinen steckte Chajale und mich an.

Ich wusste, dass diese Tränen allen Toten galten, allen Sehnsüchten, allen Qualen, allen Wundern, allen Errettungen und allen Kriegen in unserem Leben und im Leben unserer Familien.

»Das halte ich nicht aus«, sagte Chajale laut.

»Sag deinem Adi, dass ich im Auto Hühnersuppe habe, Fleischklopse und Püree und noch ein paar andere gute Sachen«, befahl Golda ihr. Erst da fiel mir ein, dass ich den Mohnkuchen auf dem Beifahrersitz hatte stehen lassen. Ich hatte aber nicht die Kraft, aufzustehen und ihn zu holen.

Chajale tat, was Golda verlangt hatte. Sie machte sich auf den Weg zu Adi. Ich schaute auf Bracha, die wie ein hyperaktives Kind zwischen den Beeten umherstreifte, hin und her, her und hin. In einer Ecke des Gartens sah ich den Rasenmäher auf der Wiese liegen, bezwungen und besiegt, wie ein totes Pferd auf dem Schlachtfeld.

Adi, Chajale und Aksam tauchten oben auf dem Weg auf, der vom Parkplatz zum Haus führte. Adi drückte einen Suppentopf an sich, Chajale ein riesiges Glas mit *rogelach*. Aksam trug einen Korb mit weiteren Essensvorräten.

Wir versammelten uns alle in der Küche. Golda übernahm das Kommando, sie sorgte dafür, dass das Essen in den Töpfen aufgewärmt wurde, nach ihren Anweisungen auf dem Gasherd oder im Backofen. »Nur nicht in der Mikrowelle«, warnte sie. »Bei einer Schiwa muss wenigstens das Essen gut schmecken. Und zuerst bekommt Dorit einen großen Teller Hühnersuppe. Für eine Beerdigung braucht man viel Kraft.«

Dorit setzte sich gehorsam an den Tisch, um sich, wie befohlen, mit der Hühnersuppe zu stärken, die inzwischen aufgewärmt worden war. Aber sie rührte den Teller vor sich nicht an.

Golda stellte sich neben sie, packte sie am Arm und rief sie zur Ordnung. »Du hast Kinder, ein Haus, Essen, einen Beruf und du hast auch einen Staat.« Offenbar fand nur sie die richtigen Worte, sie besaß das Rezept dafür, wie man alles überstand.

»*Kinderlach*«, sagte sie und bedeutete uns mit einer Handbewegung, wir sollten Dorit mit ihrer Suppe allein lassen und in den Garten gehen.

Sie begleitete uns und nutzte die Gelegenheit, Chajale und mir Verhaltensregeln zu geben. »Ihr solltet viel mit ihr über früher sprechen, ihr wisst ja, alte Schmerzen tun weniger weh. Ihr müsst Dorit Kraft geben.« Dann schenkte sie uns ein winzig kleines Lächeln. »Und für mich bitte ich nur um ein Glas Tee mit zwei Stück Zucker.«

»Ich bringe ihn dir gleich.« Chajale war schneller als ich.

Ich blieb allein mit Golda zurück.

Ich geriet unter Druck.

»Nun, wie geht es dir?«, fragte ich sie, bemüht, die Situation zu meistern.

»Du siehst ja, er will mich nicht.« Golda lachte und hob die Augen zum Himmel. »Dass ich mal die Achtzig erreiche, wer hätte das geglaubt? Ich habe schon keinen Grund mehr zu klagen, im Gegenteil, ich habe Glück, dass ich Brachale habe.« Sie seufzte tief. »Ach, *nebbech*, sie wird ohne Familie bleiben.« Ihre Stimme brach.

Als wir uns an einen der Gartentische setzten, gesellte sich auch Bracha zu uns. Sie setzte sich neben mich und legte sofort los. »Hör zu, du hattest mindestens einen Bruder. Ich habe ein paar Dokumente in Yad Vashem gefunden, aber zur Sicherheit habe ich mich außerdem an das Archiv in Hessen gewandt, in Bad Arolsen, und auch an ein paar Stellen in Warschau, obwohl wir wissen, dass sie in Krakau war und nicht in Warschau, aber trotzdem. Was ich suche, ist ihr Name aus erster Ehe, ich habe ihn noch nicht herausbekommen, deshalb kann ich dir noch nichts Endgültiges sagen.«

Ich starrte sie an, erschlagen von ihrem Wortschwall.

»Was ist los? Ist noch jemand gestorben?«, fragte Chajale. Sie war mit einem Glas Tee für Golda zurückgekommen und bemerkte sofort, dass inzwischen etwas geschehen sein musste.

»Ich suche ihren Bruder«, sagte Bracha begeistert.

»Was für einen Bruder? Wieso Bruder?«, schimpfte Golda. »Was redest du da? Was kann sie mit einem Siebzigjährigen anfangen, der sich bestimmt nicht mehr an seine Mutter erinnert und gar nicht weiß, dass er eine Schwester hat. Hör doch auf damit.«

Dorit erschien nun ebenfalls. »Was ist passiert?«, fragte sie mich.

Ich war verlegen. Ich wollte, dass die Geschichte mit meinem Bruder von der Tagesordnung genommen würde. Ich spürte, dass dies weder der richtige Ort noch die richtige Zeit dafür war.

Doch Chajale gab bereitwillig Auskunft. »Bracha meint, dass sie vielleicht einen Bruder hatte, und sucht ihn für sie«, sagte sie.

»Also wirklich!« Goldas Augen funkelten vor Zorn.

»Wenn du einen Bruder gehabt hättest, hätte deine Mutter ihn bestimmt gefunden«, sagte Dorit zu mir, offenkundig unbeeindruckt von Brachas Initiative.

»Ja, wenn deine Mutter ihn nicht gefunden hat, dann hattest du auch keinen Bruder«, pflichtete Chajale Dorit bei. »Schließlich haben wir deine Mutter gekannt.« Mit diesen Worten glaubte sie wohl, mich trösten und zugleich Bracha zum Schweigen bringen zu können.

»Wenn ihre Mutter heute noch am Leben wäre, würde sie ihn finden«, widersprach Bracha und erinnerte uns daran, was sich inzwischen alles getan hatte, vom Zusammenbruch der

Sowjetunion bis zum Internet, und sie zählte die Namen aller Archive auf, die erst in den letzten zehn Jahren ihre Pforten für das Publikum geöffnet hatten.

»Und jetzt die Fleischklopse«, sagte Golda. Ich war erleichtert, dass auch Golda sich ihrer Tochter widersetzte. Sie erinnerte alle daran, warum sie hier waren. »Doritke muss bei der Beerdigung schließlich auf eigenen Füßen stehen können.«

»Trotzdem, ich denke, sie muss nach ihrem Bruder suchen, ich glaube, sie muss es wissen«, beharrte Bracha.

»Man kann nicht sein ganzes Leben in der Vergangenheit wühlen«, brachte Golda sie zum Schweigen. »Wer weiß schon alles von seiner Familie, von den Eltern, den Geschwistern? Auch ohne die Shoah wissen Kinder nie alles über ihre Eltern. Und selbst wenn sie alles wüssten – was vorbei ist, ist vorbei. Warum nach hinten schauen? Schließlich kann kein Mensch noch einmal ein kleines Kind sein, mit Vater und Mutter, und nie kann man alles erzählen, was einmal war.« Sie warf ihrer Tochter einen kriegerischen Blick zu, dann schaute sie mich an. »Das ist lange her und ist nicht richtig«, zitierte Golda nun den Spruch meiner Mutter, mit dem sie Gerüchte, anzügliche Bemerkungen und Tratsch vom Tisch zu wischen pflegte.

Mit gutem Timing tauchte Aksam auf und brachte einen Teller mit Fleischklopsen und Püree. Golda kehrte sofort zum Thema Essen zurück. Sie begutachtete den Teller, den er vor Dorit auf den Tisch stellte, und schaute zu, wie sie aß. »Nun, wie sind die Fleischklopse?«, fragte sie.

Dann wandte sie sich an Chajales Mann. »Adi, es gibt auch *rogelach*, ich weiß, dass Dorit *rogelach* liebt.« Sogar um den Nachtisch kümmerte sie sich. »*Rogelach* rutschen am besten mit Tee durch die Kehle, sie darf nicht austrocknen, auch für die Tränen braucht man Flüssigkeit.« Das war ihre Art, darauf hinzuweisen, dass jemand Tee für Dorit kochen sollte.

Bracha war beleidigt aufgestanden und lief wieder im Garten umher. Chajale und ich beobachteten sie. Auch Golda ließ ihre Tochter nicht aus den Augen. »Letztlich ist meine Brachale ein gutes Mädchen. Aber wie lange soll das noch so weitergehen? Seit Jahren bitte ich sie, damit aufzuhören, ich habe ihr gesagt, es gibt noch andere Dinge auf der Welt, aber was soll ich machen, sie hat schon immer Geschichten über die Shoah hören wollen. Sie liebt die Shoah so sehr.«

Wieder kam Aksam in den Garten. Diesmal brachte er für Dorit Tee mit Nana und Eisenkraut.

»*Oj wej is mir*, sie ist doch keine Kuh!«, wetterte Golda. Doch als sie sah, dass Dorit den Tee trank, gab sie nach. »Also schön, soll es so sein. Hauptsache, sie hat Kraft für die Beerdigung.«

Plötzlich schaute Kela aus dem Fenster und rief: »Mama, Itzik ist am Telefon!«

Dorit lief zum Apparat auf der Küchenterrasse.

»Er hat sich erschossen«, hörte ich sie sagen. »In den Kopf. Er hat geklagt, dass ihn die Erinnerungen in den Wahnsinn treiben, dass sie ihn völlig beherrschen, dass er nicht mehr kann. Du weißt doch, dass er immer gesagt hat, die Therapie bringt ihn um, dass er wegen all dieser Gespräche kein Vergessen finden kann, und was würde all das Reden schon ändern. Aber bitte, lass mich jetzt.«

Ich lauschte auf jedes Wort.

»Genug, ich kann nicht mehr sprechen … Stimmt, ich habe es wirklich noch nicht verdaut, ich werde auch nicht anfangen, darin herumzustochern, du kennst mich doch. Aber jetzt zu dir, wenn du kommen willst, komm, wenn du nicht kommen willst, dann komm nicht. Die Beerdigung wird jedenfalls erst nach dem Unabhängigkeitstag stattfinden.«

Dann schwieg sie, nur Itzik redete und redete.

Als das Telefonat zu Ende war, wirkte Dorit leer und erschöpft. Sie entschuldigte sich bei uns und sagte, sie wolle sich schlafen legen.

»Zumindest euch gegenüber kann ich ehrlich sein«, sagte sie mit weicher Stimme. »Diese Feierlichkeiten fallen mir sehr schwer.«

»Ja, ruh dich aus«, ermunterte Golda sie. »Und nimm was zum Beruhigen.« Sie zählte die Namen aller Beruhigungsmittel von damals bis heute auf, von Valium bis Rescue.

»Das Schwerste liegt noch vor ihr«, sagte Golda, für die der Besuch offenbar beendet war. Sie stand auf und ging in die Küche, um die Töpfe einzupacken, die sie mitgebracht hatte.

Bracha nutzte die Gelegenheit und holte rasch ein paar Visitenkarten aus ihrem Rucksack: »Bracha Poschibuzki – Shoah-Beraterin. Sachverständige für die Suche nach Verwandten und Dokumenten«.

»Ich habe mit der Arbeit im Archiv aufgehört«, flüsterte sie mir zu. »Es wird langsam Zeit, dass ich mich selbstständig mache.«

Dorit ging ins Haus. Ich sah, dass Aksam ihr mit den Augen folgte.

»Am Schluss werden sie ein Paar sein«, sagte Chajale, die nun auch anfing, ihre Sachen zusammenzusuchen, weil sie sich auf den Weg machen wollte. »Genetisch«, flüsterte sie mir zu, »alles ist genetisch. Kennst du die Geschichte? Bracha hat mir erzählt, dass Itta sich während des Kriegs in einen deutschen Offizier verliebt hat, sie ist mit ihm aus dem Lager geflohen. Die schwer typhuskranke Fejge blieb dort allein zurück. Zu ihrem Glück hat sich Herr Friman in sie verliebt und sich um sie gekümmert, so hat Fejge überlebt.«

Das war also das Ende der Geschichte, die an den Schabbatabenden immer nur angedeutet worden war. Jetzt war mir alles klar.

»Bracha hat mir auch erzählt, dass Itta nach dem Krieg in Deutschland geblieben ist, bis ihr Nazi bei einem Verkehrsunfall tödlich verunglückte. Erst danach ist sie nach Israel gekommen.«

Jemand berührte leicht meine Schulter. Dorit war noch einmal zurückgekommen. Sie sagte, es falle ihr schwer, sich von uns zu trennen, sie wolle sich bei allen für die Unterstützung bedanken.

»Und was Aksam betrifft«, fuhr sie fort, denn sie hatte offenbar unser Gespräch gehört, »er wird Ende der Woche weggehen und die Gästezimmer werden geschlossen.« Ihre Stimme klang entschlossen und ruhig.

»So vermasselst du dir also dein eigenes Leben«, fuhr Chajale sie wütend und besorgt an. »Was willst du dann tun? Wovon willst du leben?«

»Wie Golda gesagt hat, ich habe einen Beruf«, antwortete Dorit kühl.

»In Ordnung«, sagte Chajale, »von mir aus kannst du die Gästezimmer schließen, aber auf Aksam darfst du nicht verzichten.«

Dorit wich ihrem Blick aus.

Die Lage ist ernst, dachte ich, Dorit hat noch nicht mal genug Kraft, um sich mit Chajale zu streiten.

Mit kleinen, gemessenen Schritten ging Dorit durch den Garten, sie entfernte sich von uns, verschwand im Haus.

»Wie deine Mutter, am Schluss wird sie allein bleiben«, sagte Chajale traurig. »Seit Jahren wollte ich es dir schon sagen«, plötzlich zitterte ihre Stimme, »du weißt es bestimmt nicht, aber am Ende seines Lebens wollte Dr. Wollmann deine Mutter heiraten. Sie hat sich geweigert und er hat meine Mutter gebeten, dich anzurufen und dich um Hilfe zu bitten, aber meine Mutter kannte Helena. Sie sagte zu Dr. Wollmann, niemand könne Helena umstimmen, auch du nicht. Aber ich habe nie aufgehört darüber nachzudenken, ob ich dich damals nicht trotzdem hätte anrufen müssen.« Sie seufzte. »Nun ja, ich hätte besser als alle anderen wissen müssen, dass man nur Radioapparate reparieren kann, und auch das nicht immer. Trotzdem muss man es versuchen, nicht wahr?« Sie schaute mich flehend an, ihre Augen baten mich um Bestätigung und Trost.

Aus dem Augenwinkel sah ich Adi. Er ging den Weg hinauf zum Parkplatz. Mir kam es vor, als wäre er jung und gesund hierher gekommen und ginge als alter, kranker Mann fort.

Chajale bemerkte ihn auch, ich sah, dass sie erschrak. Sie rannte ihm hinterher. Und mir wurde klar, dass sie dabei war, sich in die nächsten Reparaturarbeiten ihres Lebens zu stürzen.

Und ich war allein mit Golda, die mit ihren Töpfen aus der Küche zurückgekommen war.

»Deine Mutter war eine kluge Frau«, sagte sie.

Was für eine Neuigkeit war das doch. Es gibt wirklich keinen, der diesen Spruch auslässt, dachte ich.

»Deine Mutter hat immer zu mir gesagt: Golda, wann hörst du endlich auf, Brachale Geschichten von der Shoah zu erzählen? Was kann sie damit anfangen, mit *Krematorium*, *Transport*, *Aktionen*? Gib deiner Bracha Freude. Die Shoah ist nicht ihr Leid, sie ist unser Leid.« Golda seufzte tief. »Leider habe ich nicht auf sie gehört.«

Auch Golda betrachtete nun wie ich den Himmel, der sich langsam verdunkelte, nur ein paar Sterne zeigten sich.

»Dr. Wollmann und deine Mutter fehlen mir so sehr. Sie waren die Einzigen, die mir in jenen schweren Tagen geholfen haben«, fuhr Golda fort. »Weißt du, ich habe damals mit deiner Mutter gesprochen, kurz nachdem sie festgestellt hatte, dass sie schwanger war. Ich weiß noch, dass sie sich große Sorgen gemacht hat. Damals wusste man nicht, wie man mit der Krankheit von Jakob, deinem Vater, umgehen sollte, und man wusste auch nicht, was mit ihrer Schwangerschaft werden würde, sie war nicht mehr jung, es war sehr gefährlich für sie, dich auf die Welt zu bringen. Dr. Wollmann schätzte, dass Jakob nur noch zwei, drei Monate zu leben hatte, also beschlossen beide, dein Vater und deine Mutter, dass er ins Sanatorium gehen würde, dass alles versucht werden sollte, dich zu retten.«

Ich verarbeitete die Informationen. Er hatte Tuberkulose, meine Mutter war schwanger, ich sollte bald auf die Welt kommen. Ich hätte mich anstecken können und meine Mutter war gezwungen, sich zu entscheiden – zwischen ihm und mir, er oder ich.

»Aber er, *nebbech*, hatte kein Glück«, hörte ich Golda traurig sagen. »Er blieb noch acht Jahre am Leben. Acht Jahre rang er im Sanatorium mit dem Tod. Deine Mutter hat das ganz verrückt gemacht. Als hätte sie während der Shoah nicht schon genug durchgemacht. Na ja, hat sie damals zu mir gesagt, wenn das Leben wirklich etwas wäre, um das man sich reißen müsste, dann hätten wir es nicht umsonst bekommen.«

~

Jakob schaut Helena an, deren Bauch die ersten Anzeichen der Schwangerschaft zeigt.

Ihn ergreift der Wunsch, sie zu umarmen, ihren Körper ganz nah an seinem zu spüren. Wie ein Junge, der zum ersten Mal der Liebe begegnet, fühlt er sich bis in die letzte Faser seines Körpers lebendig, er fühlt, wie das Blut warm durch seine Adern fließt, und er liebt sie, wie er noch nie jemanden geliebt hat.

Helena klappt den Koffer zu und trägt ihn zur Tür, ihre Lippen sind zusammengepresst. Sie bedeutet ihm mit einem Blick, dass es so weit ist.

Blass, angespannt, mit schwerem Herzen nehmen sie Abschied, kurz und steif. Als er das Haus verlässt, sieht er die Treppe, die hinunter zur Straße führt, und das Taxi, das dort auf ihn wartet.

Er macht sich auf seinen letzten Weg, zum Sanatorium, macht den Weg frei für ein neues Leben.

~

Neues Wissen verband sich mit altem Wissen, etwas, was verschlossen gewesen war, war freigelegt worden, etwas, was verborgen gewesen war, war enthüllt worden.

Selektion.

Das haben die Deutschen gemacht.

Das hat auch meine Mutter gemacht.
Das hat auch meine Mutter gemacht.
Das hat auch meine Mutter gemacht.

Wieder und wieder sagte ich es mir, Buchstabe um Buchstabe, Wort um Wort, um diesen Satz unwiderruflich zum Teil meines Lebens werden zu lassen.

Jakob kam im Sanatorium an. Am ersten Abend fiel es ihm schwer, sein Zimmer zu verlassen. Er schaute um sich, lauschte, eine neue Welt umgab ihn. Und eine alte Angst packte ihn, wie vor Jahren im kalten, feuchten Wald.

Am nächsten Morgen informierte ihn die Krankenschwester ausführlich über die Sprechzeiten des Arztes, die Behandlungen, das morgendliche Abhusten in den Spucknapf, das Fiebermessen, die Infusionen, die Spritzen und die Punktionen.

Während sie sprach, spürte er den auf ihn lauernden Tod. Bevor er sich ihm stellte, zog er ein Foto von Helena aus der Tasche, den Beweis für eine andere Wirklichkeit.

»Das ist meine Frau«, sagte er zu der Schwester und errötete. »Wir erwarten ein Kind.«

Diese Worte entschlüpften ihm, sie hörte zu. Er erzählte ihr, wie er und Helena sich in der Sanitätsstation des Kibbuz getroffen hatten, von ihrer Hochzeit, von der Wohnung, die er für sie gekauft hatte.

Dann begann sein Ringen mit dem Tod. Acht Jahre lang rang er. Bis zu seinem Tod.

Wieder hörte ich Goldas Stimme. »Dr. Wollmann kam damals zu uns und sagte, deine Mutter würde mich bitten, Bracha nichts davon zu sagen, dass Jakob gestorben ist, über ihn sollte überhaupt nicht gesprochen werden. Ich war böse auf sie, auf ihre Entscheidung, du hast mir so leidgetan.« Sie packte mich am Arm, genau an derselben Stelle, an der sie mich früher immer gepackt hatte. »Ich wusste, dass du fragen würdest, und du, *nebbech*, hast wirklich gefragt, du hast alle gefragt, wo dein Vater war. Aber ich habe Helena auch verstanden.« Ihre Stimme und ihr Griff wurden sanfter. »Was hätte sie dir in all den Jahren sagen sollen, bis er starb? Dass sie sich für dich und nicht für ihn entschieden hatte, dass er deinetwegen in einem Sanatorium eingesperrt war? Und dann war sie in diese Geschichte verstrickt. Wie hätte sie dir aus heiterem Himmel sagen können, dass dein Vater gestorben ist, wenn du gar nicht wusstest, das er noch am Leben gewesen war?«

Ihre Worte bohrten sich wie Pfeile in mich. Ich sehnte mich danach, dass nichts mehr gesagt werden würde, ich sehnte mich nach Ruhe.

Golda suchte meinen Blick, aber ich wich ihr aus, ich schaute hinauf zu den vereinzelten Sternen am Himmel.

Ich wurde zu Stein, mein Körper zentnerschwer, jede Bewegung schmerzte. Golda ließ meinen Arm los, legte mir ihre Hand fest auf den Rücken, als spürte sie, dass ich feststeckte, als wollte sie mich vorwärts schieben, weiter und weiter.

»Letztlich hat Jakob Glück gehabt, er wusste, dass er eine Tochter hat. Heute glaube ich, dass deine Eltern eine richtige Entscheidung getroffen haben. Zu sterben, wenn man weiß, dass etwas von dir bleibt, ist etwas anderes. Acht Jahre lang hat er gewusst, dass er eine Tochter hat. Erst heute verstehe ich, dass es ein großer Trost ist, zu wissen, dass man etwas zurücklässt, dass nicht alles mit einem zu Ende ist.« Goldas Stimme brach, sie schaute hinüber zu Bracha, die auf dem Parkplatz stand und auf sie wartete.

~

Meine Mutter hatte mit Dr. Wollmann in der Praxis gesessen, ich hatte im Flur allein mit Murmeln gespielt und auf das Ende ihres Arbeitstages gewartet.

»Viele Jahre lang habe ich davon geträumt, in der Entbindungsstation zu arbeiten«, hörte ich sie sagen. »Aber ihretwegen kann ich das nicht. Ich kann keine Nachtschichten machen, ich kann sie nachts nicht allein lassen.«

Ich verstand, dass ich an allem schuld war. Obwohl sie Jiddisch sprach, obwohl sie flüsterte.

Ich ging hinein, ich wollte ihr versprechen, dass ich bald sterben würde, dann könnte sie in der Entbindungsstation arbeiten, doch da sah ich, dass Dr. Wollmann sie umarmte.

Ich blieb wie erstarrt stehen.

»Helena, *kochanie**, du weißt doch, welch ein großes Glück es ist, dass sie dir geboren wurde«, sagte er mit sanfter Stimme. Ich sah, dass sie sich die Tränen mit seinem karierten Taschentuch abwischte.

~

Auf einmal wollte ich wieder nichts mehr wissen. Ich wollte phantasieren. Ich sehnte mich nach den Schabbatabenden zurück, ich wollte, dass Chajale Klavier spielte und tanzte,

---

* Poln.: Liebling.

dass sie unsere bösen Geister vertrieb, ich wollte, dass meine Mutter wieder mit meinen Freunden sprach und mir meine widerborstigen Locken kämmte.

»Weißt du«, sprach Golda weiter, »ich habe mich immer gewundert, dass du von allen Leuten des Viertels nur mich nie nach deinem Vater gefragt hast. Vielleicht war das gut so, dass du nicht zu mir gekommen bist, letztlich hast du genau das getan, was deine Mutter gewollt hat. Sie wollte dir Leid und Schmerz ersparen. Sie hat jede Gefahr von dir ferngehalten, sie hat dir jede Information verschwiegen, die dich hätte traurig machen können. So hatte sie sich entschieden, das war ihre Art, dich zu schützen. Sie hat das ganze Leid und den ganzen Schmerz auf sich genommen.«

Am Ende des Gedenktags für die Gefallenen, kurz bevor der Unabhängigkeitstag begann, brachen wir alle auf, fuhren zunächst im Konvoi Richtung Süden, nach Tel Aviv. Die Nacht war über das Emek gesunken. Ich fuhr langsam, bald verlor ich die Autos von Bracha und Chajale aus den Augen, ich war allein auf dieser Fahrt.

»Das Anzünden der zwölf Fackeln, für die zwölf Stämme Israels«, klang es aus meinem Autoradio. »Die Fackelanzünder werden gebeten, ihre Plätze einzunehmen.« Die Stimme des Sprechers bei der Zeremonie auf dem Herzlberg erfüllte das Wageninnere.

Mein Mann rief an.

»Wie war es?«, fragte er vorsichtig.

»Frag nicht«, antwortete ich mit erstickter Stimme.

»Wann bist du hier?«, wollte er wissen.

»In einer Stunde.«

»Wir gehen also nicht zur Unabhängigkeitstagsparty?«, fragte er.

Ich wollte eigentlich nein sagen, aber zu meiner eigenen Überraschung brach es aus mir heraus: »Doch, wir gehen, selbstverständlich gehen wir.«

Alles hat seine bestimmte Zeit, es gibt eine Zeit zu weinen und eine Zeit zu lachen. Ich werde es zu trennen wissen, versprach ich mir selbst.

Plötzlich fiel mir ein, dass der Mohnkuchen, den ich gebacken hatte, noch im Auto lag. Ich würde ihn also trotz allem noch mit Schokolade überziehen können.

»Wir tragen Fackeln, in dunkler Nacht, die Pfade leuchten zu unseren Füßen«, sang der Chor im Hintergrund.

Dann war die Zeremonie zu Ende, die Straßenlaternen gingen an, die israelischen Fahnen wehten im Wind und am Himmel waren die ersten Feuerwerkssalven zu sehen, die den Beginn des Festes zum Unabhängigkeitstag verkündeten.

Feuerwerkskörper explodierten knallend und blendende Funken sprühten aus den Feuerblumen. Zwischen den Funken und der Dunkelheit blitzte plötzlich eine Landschaft auf, die ich nicht zum ersten Mal sah.

Hier bin ich schon einmal gewesen, sagte ich mir.

Mein Herz fing heftig an zu klopfen, ohne dass ich wusste, warum.

Hatte ich diese Landschaft in meiner Kindheit gesehen? Kannte ich sie von den Ansichtskarten, die meine Mutter bekommen hatte? Führte mich meine Erinnerung in die Irre? Ich starrte aus dem Autofenster.

Ich sah meine Mutter in ihrem Kostüm und ihrer Frisur für

Festtage. Und ich sah mich, in einem lilafarbenen Kleid, mit Lackschuhen und einem mit großen, bunten Plastikblumen verzierten Haarreif. Ich fuhr langsamer.

~

Meine Mutter und ich waren auf einem Sandweg einen grünen Hügel hinaufgestiegen, Hand in Hand.

»Hier hast du frische Luft, das ist gut für deine Lungen«, hatte sie gesagt. »Dann brauchst du auch keinen Inhalator.«

Ich brauche doch sowieso keinen Inhalator, hatte ich verwundert gedacht.

Oben auf dem Hügel blieben wir vor einem alten Gebäude stehen. Das Eingangstor und die Fensterläden waren geschlossen. Die Stille wurde nur von vereinzeltem Husten unterbrochen, von Seufzern, von Stöhnen.

Meine Mutter gab seltsame Anordnungen.

»Spring«, sagte sie.

»Lauf«, bat sie.

»Sing«, flehte sie.

Ich konnte mich nicht rühren, ich war wie gelähmt. Insgeheim betete ich darum, auf der Stelle tot umzufallen.

Meine Mutter wischte sich mit einem gestärkten Taschentuch den Schweiß von der Stirn.

Durch den Spalt eines Fensterladens im ersten Stock des baufälligen Gebäudes meinte ich ein Augenpaar zu sehen, eine Stirn, Lippen, ein Lächeln.

Ich erstarrte noch mehr.

Gegen Abend verließen wir den Hügel wieder. Meine Mutter ging langsam und mit erloschenem Blick den Sandweg hinunter, ich in ihrem Schlepptau.

Beide sagten wir kein Wort.

Auf dem Weg nach unten sah ich ein kleines Holzschild an einer Stange, die zwischen aufgehäuften Steinen im Sand steckte: »Sanatorium für Lungenkranke«.

Wie ein altes Fußbodenmosaik, das nach langer Zeit freigelegt wird, kam das vergessene Bild aus der Kindheit wieder zum Vorschein: zweimal im Jahr, im Herbst und im Frühling, meine Mutter im Festtagskostüm und ich in einem lilafarbenen Kleid.

Unter dem Funkenbaldachin, der den Himmel erhellte, sah ich wieder das Tal vor mir, den Hügel, das Gebäude, den Spalt im Fensterladen, das Augenpaar und das Lächeln.

Einen Moment lang, einen kurzen Moment lang, war ich ein Kind mit Mutter und Vater gewesen.

Ich hielt am Straßenrand an. Ich atmete tief die klare Luft ein, der Wind streichelte mein Gesicht und da war der Widerhall der Stimme meiner Mutter, klar und deutlich wie nie zuvor:

Spring.

Lauf.

Sing.

Ich, als Krakowiak-Tänzerin verkleidet,
und mein sich versteckender Vater